星羅萬象一茶味

こばやしいっさ

小林一茶 ——【著】

陳黎、張芬齡 ——【譯】

目錄

005　譯序：星羅萬象一茶味

035　小林一茶俳句選（500首）

291　陳黎、張芬齡中譯和歌俳句書目

293　附錄：一茶／陳黎

譯序
星羅萬象一茶味

陳黎、張芬齡

一、小林一茶的生命歷程

　　與松尾芭蕉（1644-1694）、與謝蕪村（1716-1784）並列為日本「古典俳句三大家」的日本江戶時代俳句詩人小林一茶（1763-1827），於寶曆13年（1763）5月5日生於信州柏原（今長野縣上水內郡信濃町柏原）小康的自耕農家，父名小林彌五兵衛，母名「くに」（Kuni）——出身於曾任村中官吏的宮澤家族。一茶是長子，本名小林彌太郎，三歲時母親病逝，家中收入減半，生活逐漸窮困。

　　柏原是海拔約七百公尺的山村，屬土質貧瘠的火山灰地，水田少，多半為旱田，在一茶出生之時，約有150戶人家，人口總數約700人。其地為日本屈指可數的大雪地帶，冬季時積雪高過人身，街道盡埋，人馬往來受阻，全村進入長達三個月的陰鬱的「冬籠」（冬日閉居、幽居）期。

　　母親死後，一茶的養育工作轉由祖母負責。八歲時父親續弦，繼母是一位勤奮的勞動者，頗不喜歡一茶。十歲時，同父異母弟仙六（後名彌兵衛）出生，一茶與繼母關係更為惡化。十四歲時，愛他的祖母去世，翌年父親遣其往江戶（今之東京），免得與繼母衝突。我們不清楚他童年、少年期

在柏原受教育的情況，據一茶自己的憶述，少年時代的他逢農忙期，白天整日須幫忙農作或照顧馬匹，夜間則編草鞋。由於柏原地區冬日大雪，冬季時會開設「寺子屋」（普及庶民教育的私塾），教小孩讀書、寫字，因此一茶在去江戶前應具備一些基本的讀寫能力。

1777 年春天，十五歲的一茶隻身來到江戶，據說在寺院或醫師診所工作。他十五歲到二十五歲這十年間生活情況不明，但應該就在這段期間他開始接觸俳句。一茶第一首俳句作品出現在 1787 年信州出版的《真左古》（まさご）此一集子裡：「從現在起，不知／還要開多少回呢……／松樹的花」（是からも未だ幾かへりまつの花），署名「渭濱庵執筆一茶」。「渭濱庵」是「葛飾派」俳句宗匠溝口素丸（1713-1795）的庵號，可以判斷一茶曾隨其習詩，擔任「執筆」（紀錄）之職務。這一年，「葛飾派」重鎮二六庵小林竹阿（1710-1790）從居留二十載的大阪回到江戶，二十六歲的一茶轉拜他為師，學習俳諧之道，同時可能幫忙照料高齡竹阿之起居。又轉入竹阿師弟「今日庵安袋」森田元夢（1728-1801）門下；元夢 1788 年刊行的《俳諧五十三驛》一書中，收錄了一茶以「今日庵內菊明」為名的十二首俳句。

1789 年，二十七歲的一茶很可能做了一次師法俳聖松尾芭蕉俳文遊記《奧之細道》的奧羽（日本東北地方）之旅。據說寫了一本《奧羽紀行》，但目前不存於世，內容不明。在一茶那個時代，要成為一個「俳諧宗匠」，踵步芭蕉《奧之細道》行腳是必要的條件。

1790 年 3 月，二六庵竹阿過世。一茶正式投入溝口素丸

門下,再任「執筆」之職。1791年(寬政三年)春天,一茶以父親生病為由向素丸提出歸鄉之請,離家十四年的一茶第一次回到故鄉柏原。他寫成《寬政三年紀行》紀錄之,此作據信初成於寬政三年,後於文化3年至5年(1806-1808)間修改、定稿,風格深受芭蕉俳文影響。

1792年春天,三十歲的一茶追循其仰慕的先師竹阿大阪俳壇活躍之足跡,從江戶出發,開始其「西國行腳」,於此後七年間遍歷九州、四國、大阪、京都等地,並與各地知名俳句詩人(如大阪的大江丸、二柳,京都的丈左、月居,伊予的樗堂……)會吟,蓄養、鍛鍊自己俳句寫作之修行。葛飾派的平俗調,大江的滑稽調,以及西國行腳路上吸納的各地方言、俗語……都是一茶俳句的要素。1798年,三十六歲的一茶再次返鄉,然後於八月回到江戶。當時江戶地區的人對於農村來到江戶謀生的鄉下人,每以鄙夷之態度譏稱其為「信濃者」或「椋鳥」(一茶後來有一首追憶江戶生活的俳句即如是書寫:「他們叫我這鄉下人/『椋鳥』──/冷啊」〔椋鳥と人に呼ばるる寒さかな〕)。

1801年,元夢師過世。3月,三十九歲的一茶返鄉探望父親,4月,父親突染傷寒,臥病一個月後去世。一茶寫了《父之終焉日記》記之。父親遺言其財產由一茶與同父異母弟仙六均分,但繼母與仙六激烈反對。遺產問題一時未能解的一茶又回到江戶,繼續其流浪生活。追隨俳句名家學習多年的一茶,期望早日自成一家,勤讀《萬葉集》、《古今和歌集》、《後撰和歌集》、《百人一首》等古典和歌集,化用其技法於俳句寫作,並聆聽《詩經》之講釋,自學《易經》及其

他中國古典作品，求知慾飽滿，俳諧之藝日益精進。1804年，四十二歲的一茶執筆《文化句帖》，4月主辦「一茶園月並」（一茶園每月例行活動），告別「葛飾派」，轉而親近以夏目成美（1749-1817）為首的俳句團體，受其精神與物質的雙重庇護，並與和夏目成美並稱「江戶三大家」的鈴木道彥、建部巢兆交往，逐漸形塑自己「一茶調」的俳風。

1807、1808、1809、1810此四年，一茶數度歸鄉，交涉父親遺產，皆未能有成。他於1810年（文化七年）開始動筆寫《七番日記》（1810-1818）。1812年，五十歲的一茶決意告別第二家鄉江戶，結束三十餘年漂泊生活，於十一月回故鄉柏原永住。他當時寫的這首俳句，清楚、動人地顯示了他回歸鄉土的決心：「這是我／終老埋身之所嗎——／雪五尺」（是がまあつひの栖か雪五尺）。他租屋而居，試圖處理妥遺產問題。1813年元月，在祖先牌位所在的明專寺住持調停下，終於成功地分產，家中屋子一分為二，由一茶與仙六分住。

1814年，五十二歲的一茶終於告別單身生涯（「**半百當女婿，／以扇／羞遮頭**」〔五十聟天窓をかくす扇かな〕），於4月時與野尻村富農常田久右衛門28歲的女兒菊（きく）結婚。菊小一茶24歲，兩人感情很好，雖偶有爭吵。不似不善交際的一茶，她與鄰里和善相處，農忙期也下田幫忙比鄰而居的仙六，與一茶繼母維持良好關係。一茶則不時往返於北信濃地區隨他學習俳句的門人之間。1816年4月，長男千太郎出生，但未滿月即夭折。1818年5月，長女聰（さと）出生，但於1819年6月過世，一茶甚悲，於一年間寫作了俳

文集《俺的春天》（おらが春），其中了記述愛女之生與死，真切感人，可謂其代表作。

1820年10月5日，次男石太郎出生；16日，一茶外出，在積雪的路上中風倒下，一茶與新生兒同臥於自宅之床，幸而康復，但言語與行動略有不便。1821年1月，石太郎在母親背上窒息致死。1822年，六十歲的一茶動筆寫《六十之春》（まん六の春）與《文政句帖》。3月，三男金三郎出生。1823年5月，妻子菊以37歲之齡病逝。12月，金三郎亦死。一茶接二連三遭受打擊，悲痛無助可知。

1824年5月底，六十二歲的一茶二次結婚，對象為飯山武士田中氏38歲的女兒雪（ゆき），但8月初兩人即離婚。離婚後不到一個月，一茶中風再發，言語障礙，行動不自由，出入須乘坐「竹駕籠」（竹轎）。1826年8月，六十四歲的一茶三度結婚，妻名八百（やお），年38歲。1827年6月，柏原大火，一茶房子被燒，只得身居「土蔵」（貯藏室）。11月，六十五歲的一茶中風突發遽逝——唯一繼承其香火的女兒，尚在其妻肚內，於翌年4月出生，一茶生前為其取名「やた」（Yata）。

二、小林一茶的俳句特色

俳句是日本詩歌的一種形式，由（「國際化」後經常排列成三行的）五、七、五共十七個音節組成。這種始於十六世紀的詩體，雖幾經演變，至今仍廣為日人喜愛。它們或纖巧輕妙，富詼諧之趣味；或恬適自然，富閑寂之趣味；或繁

複鮮麗，富彩繪之趣味。俳句具有含蓄之美，旨在暗示，不在言傳，簡短精練的詩句往往能賦予讀者豐富的聯想空間。法國作家羅蘭‧巴特（Roland Barthes）說俳句是「最精練的小說」，而有評論家把俳句比做一口鐘，沉寂無聲。讀者得學做虔誠的撞鐘人，才聽得見空靈幽玄的鐘聲。

俳句的題材最初多半局限於客觀寫景，每首詩中通常有一「季題」，使讀者與某個季節產生聯想，喚起明確的情感反應。試舉幾位名家之句：

我看見落花又／回到枝上——／啊，蝴蝶（荒木田守武）

如果下雨，／帶著傘出來吧，／午夜的月亮（山崎宗鑑）

海暗了，／鷗鳥的叫聲／微白（松尾芭蕉）

刈麥的／老者——彎身，如／一把利鐮刀（與謝蕪村）

露珠的世界：／然而在露珠裡——／爭吵（小林一茶）

他洗馬，／用秋日海上的／落日（正岡子規）

這些俳句具有兩個基本要素：外在景色和剎那的頓悟。落花和蝴蝶，月光和下雨，鐮刀和刈麥，露珠和爭吵，落日和洗馬，海的顏色和鳥的叫聲，這類靜與動的交感，使這極短的詩句具有流動的美感，產生令人驚喜的效果，俳句的火花（羅蘭·巴特所謂的「刺點」〔punctum〕）往往就在這一動一靜之間迸發出來。

一茶一生留下總數兩萬以上的俳句。命運悲涼的一茶對生命有豐富體認，無情的命運反而造就他有情的性格。雖被通稱為「一茶調」，他的俳句風格多樣，既寫景也敘情，亦莊亦諧，有愛憎有喜怒，笑中帶淚，淚中含笑。他的詩是他個人生活的反映，擺脫傳統以悠閒寂靜為主的俳風，赤裸率真地表現對生活的感受。他的語言簡樸無飾，淺顯易懂，經常運用擬人法、擬聲語，並且靈活驅使俗語、方言；他雖自日常生活取材，但能透過獨到的眼光以及悲憫的語調，呈現一種動人的感性。他的蘇格蘭籍譯者說他是日本的彭斯（Robert Burns，1759-1796，蘇格蘭著名「農民詩人」），他的美國籍譯者詩人哈斯（Robert Hass）說他是微型的惠特曼或聶魯達，認為他的幽默、哀愁、童年傷痛、率真、直言，與英國小說家狄更斯（Charles Dickens，1812-1870）有幾分類似。

一茶曾說他的俳風不可學，相對地，他的俳風也非學自他人。他個人的經歷形成了他獨特的俳句風格。那是一種樸素中帶傷感，詼諧中帶苦味的生之感受。他悲苦的生涯，使他對眾生懷抱深沉的同情：悲憫弱者，喜愛小孩和小動物。他的俳句時時流露出純真的童心和童謠風的詩句，也流露出他對強者的反抗和憎惡，對世態的的諷刺和揭露，以及自我

嘲弄的生命態度——不是樂天，不是厭世，而是一種甘苦並蓄又超然曠達的自在。他的詩貼近現實，不刻意追求風雅，真誠坦率地呈現多樣的生活面貌和情感層面，語言平易通俗，不矯揉造作，自我風格鮮明，讀來覺得富有新意，也易引起共鳴。

●

讓我們先從幾首以古池、古井或青蛙為題材的俳句說起：

古池——
青蛙躍進：
水之音　　　　　　　（松尾芭蕉）

古井：
魚撲飛蚊——
暗聲　　　　　　　　（與謝蕪村）

古池——
「讓我先！」
青蛙一躍而入……　　（小林一茶）

第一首是十七世紀俳句大師松尾芭蕉的名作。在此詩，他將俳句提升成精練而傳神的藝術形式，把俳句帶入新的境界。他從水聲，領悟到微妙的詩境：在第一行，芭蕉給我們一個

靜止、永恆的意象——古池；在第二行，他給我們一個瞬間、跳動的意象——青蛙，而銜接這動與靜，短暫和永恆的橋樑便是濺起的水聲了。這動靜之間，芭蕉捕捉到了大自然的禪味。在芭蕉的詩裡，青蛙是自然中的一個客觀物體，引發人類悟及大自然幽遠的禪機。寫詩又畫畫的十八世紀俳句大師與謝蕪村擅長對自然景物作細膩的觀察和寫生式的描繪，上面第二首他的俳句顯然是芭蕉之作的變奏，以三個片語呈現古井中魚撲飛蚊的情境——結尾的「暗聲」，頓時削弱了先前動的元素，讓整首詩宛若一幅靜物畫。而第三首小林一茶詩中的青蛙不再臣屬於人類（雖然詩的視點仍是以人為中心），而是被擬人化，被俏皮地賦予個性，被提升到與人類平行的位置，使人類與動物成為「生物聯合國」裡平起平坐的會員，一如他另一首「蛙俳」所示：「向我挑戰／比賽瞪眼——／一隻青蛙」。

　　師法（甚至模仿）前輩大師，本身就是俳句傳統的一部份。在有限的形式裡做細微的變化，是俳句的藝術特質之一。與其說是抄襲、剽竊，不如說是一種向前人致敬的方式，一種用典、翻轉、變奏。但一茶的變奏往往帶著詼諧的顛覆性——搶先展現跳水動作的一茶的青蛙，把相對寂寥、幽深的芭蕉與蕪村的古池、古井，翻轉成嬉鬧之場景。

　　與謝蕪村有一首俳句：「端坐／望行雲者——／是蛙喲」——這隻「正襟危坐」的青蛙，到了一茶筆下，就風趣地變成陶淵明式的隱者或尋找靈感的詩人：

悠然／見南山者，／是蛙喲

看起來正在構思一首／星星的詩──／這隻青蛙

一茶另有一首著名的「蛙俳」：

瘦青蛙，／別輸掉，／一茶在這裡！

這是一茶看到一隻瘦小的青蛙和一隻肥胖的青蛙比鬥時（日本舊有鬥蛙之習）所寫的俳句，顯然是支援弱者之作，移情入景，物我一體，頗有同仇敵愾之味。

在現實生活中是貧困弱勢者的一茶，在作品裡時常流露對與他同屬弱勢之人和自然萬物的憐愛與悲憫：

放假回家，剛／入門，未見雙親／先垂淚的傭人們……

下雪的夜晚：路邊／賣麵的小販──／僵冷得貌似七十歲

歲末大掃除──被稱為／「見世女郎」的賣春女／沒見識過火的暖和之氣

別打那蒼蠅，／它在搾手／它在扭腳呢

五寸釘──／松樹撲欷撲欷／落淚

對於虱子，／夜一定也非常漫長，／非常孤寂

魚不知／身在桶中──在門邊／涼快著

●

一茶少年時期即離開家鄉，自謀生計。他從不諱言自己生活艱苦，他羨慕那在母親面前說「那是我的年糕／那也是我的年糕……／一整列都是呢」的幸福小孩，因為他自己從小就失去母親，長大成人後經常斷炊，一心盼著鄰居善心接濟（「鄰居是不是拿著／年糕，要來／我家了？」）。除了貧苦，孤單寂寞是一茶詩作裡另一個常見的主題：

來和我玩吧，／無爹無娘的／小麻雀

躺著／像一個「大」字，／涼爽但寂寞啊

元旦日──／不只我是／無巢之鳥

下一夜下下一夜……／同樣是一個人在／蚊帳內

一茶為自己貧苦、多波折的人生寫下許多看似語調清淡，實則對生之孤寂、挫敗、無奈充滿深切體悟的詩句，讀之每令人神傷：

四十九年浪蕩／荒蕪──／月與花

無需喊叫，／雁啊不管你飛到哪裡，／都是同樣的浮世

何喜何賀？／馬馬虎虎也，／俺的春天

啊，銀河——／我這顆星，今夜／要借宿何處？

杜鵑鳥啊，／這雨／只落在我身上嗎？

六十年／無一夜跳舞——／啊孟蘭盆節

了解一茶的人生際遇之後，再讀一茶的俳句，腦海常會不自覺地出現「安貧樂道」這類字眼。生活貧困的一茶有時雖不免自憐自艾，但在更多時候，生之磨難與無常教他體會瞬間即逝的短暫喜悅何其美好：「真不可思議啊！／像這樣，活著——／在櫻花樹下」，教他懂得苦中作樂，以幽默、自嘲稀釋生之磨難，在遭遇小說家亨利・詹姆斯（Henry James）所謂「連舒伯特都無言以對」的生命情境時，仍為自己找尋值得活下去的理由或生之趣味：

個個長壽——／這個窮村莊內的蒼蠅，／跳蚤，蚊子

米袋雖／空——／櫻花開哉！

柴門上／代替鎖的是——／一隻蝸牛

成群的蚊子——／但少了它們，／卻有些寂寞

美哉，紙門破洞，／別有洞天／看銀河！

冬日幽居：／冬季放屁奧運會／又開始了……

即便晚年住屋遭祝融之災，棲身「土藏」（貯藏室）中，他也能自嘲地寫出「火燒過後的土，／熱烘烘啊熱烘烘／跳蚤鬧哄哄跳……」這種節慶式的詩句。

●

對於困頓的人生，再豁達的一茶也無法照單笑納、全納一切苦痛。遺產事件落幕後，年過半百的一茶回鄉娶妻、生兒育女，期盼苦盡甘來，從此安享恬靜的家居生活——難得的愉悅清楚流露於當時所寫的詩作中：

雪融了，／滿山滿谷都是／小孩子

貓頭鷹！抹去你／臉上的愁容——／春雨

她一邊哺乳，／一邊細數／她孩子身上的蚤痕

但沒想到命運弄人，二子一女皆夭折。一茶在《俺的春天》中如此敘述喪女之痛：「她母親趴在死去的孩子身上哭泣。我了解她的痛苦，但我也知道流淚是無用的，流水一去不復

返,凋散的花也不復回到枝上。然而,即便我極力斷念,都無法切斷這親子間恩愛之絆。」在一歲多的愛女病逝後,他寫下這首言有盡而悲無窮的俳句:

露珠的世界是／露珠的世界,／然而,然而……

他知道人生就像晨光中消散的露珠,虛空而短暫(「*白露閃閃,／大珠小珠／現又消……*」),死亡是生之必然(「*此世,如／行在地獄之上／凝視繁花*」)。「然而,然而……」啊,他不明白為何老天獨獨對他如此殘忍,生活上的匱乏他可以豁達超脫(*受蒼蠅和跳蚤／藐視欺凌——／一天又過去了*),幽默自嘲以對(「*寒舍的跳蚤／消瘦得這麼快——／我之過也*」),但連最起碼的人倫之愛也一而再地被無情剝奪,他無法理解這樣的生命法則,他無從反抗,也不願順從。寥寥數語道出了他無語問蒼天的無奈悲涼與無聲抗議。後來他的妻子和第三個兒子也相繼過世,殘酷地應驗了他當年新年時所寫的詩句:「*一年又春天——／啊,愚上／又加愚*」——跌跌撞撞在人世間前進,最終一事無成,又回到原點。

一次次喪失至親的一茶寫了許多思念亡妻亡兒之作:

秋風:／啊,以前她喜歡摘的／那些紅花

中秋之月——／她會爬向我的餐盤,／如果她還在

蟬唧唧叫著──／如此熾烈之紅的／風車

熱氣蒸騰──／他的笑臉／在我眼中縈繞⋯⋯

我那愛嘮叨的妻啊，／恨不得今夜她能在眼前／共看此月

秋日薄暮中／只剩下一面牆／聽我發牢騷

就像當初一樣，／單獨一個人弄著／過年吃的年糕⋯⋯

●

　　觸景傷情的一茶，眼中所見的自然萬物都成為內心苦悶的象徵。然而，在許多時候，大自然卻也是一茶尋找慰藉的泉源，他欣賞萬物之美（「露珠的世界：／大大小小粉紅／石竹花上的露珠！」；「春風，以／尾上神社之松為弦／歡快奏鳴」；「即便是蚤痕，／在少女身上／也是美的」），賦予它們新的形、色、美感，也從中擷取生之動力與啟示。

　　譬如夏、秋之蟬，其幼蟲在地底蟄伏少則三、五年，多則十七年，歷經數次蛻皮才羽化為「成蟲」，然而蟬的壽命卻僅有二至四週，蟬放聲歌唱，或許是想在短暫如朝露的一生凸顯自己存在的價值，而一茶覺得人生亦當如是：

露珠的世界中／露珠的鳴唱：／夏蟬

臉上仰／墜落，依然歌唱——／秋蟬

譬如蝸牛，這溫吞吞的慢動作派小動物無法理解蝴蝶的快速飛行（「蝸牛想：那蝴蝶／氣喘吁吁急飛過／也太吵了吧」），而自己或許正不自覺地朝富士山前行。一茶勉勵小蝸牛（也勉勵自己）一步一步爬，終有抵達之日，寫出「龜兔賽跑」和「愚公移山」的主題變奏：

小蝸牛，／一步一步登上／富士山吧

譬如櫻花，自然之美賞心悅目，讓身心得以安頓，所以二十六歲的一茶寫出了「這亂哄哄人世的／良藥——／遲開的櫻花」，而歷經更多人生磨難之後，五十六歲的一茶將賞花此一日常活動提升到象徵的層次，賦予其更深刻的意義：「在盛開的／櫻花樹下，沒有人／是異鄉客」——大自然的美，譬如盛開的櫻花樹，可以柔化人間的愁苦，使所有置身美的國度的人變成同胞、家人，再沒有異鄉人流離失所的孤獨與困頓感。詩歌擴大了美的半徑，以透明、詩意的戳印、浮水印，將我們安於更寬廣的生命之圓裡，安於美的共和國溫柔的護照上。

●

喜歡大自然、具有敏銳觀察力的一茶寫了數以千計首以小動物、昆蟲、植物為題材的詩。據學者統計，一茶以昆蟲為「季題」的俳句近 1700 首，是古今俳句詩人中詠蟲最多

者。一茶俳句中出現最多次的昆蟲季題，包括蝶（299 句）、螢（246 句）、蚊（169 句）、蛬（蟋蟀，113 句）、蚤（106 句）、蠅（101 句）、蟬（94 句）、蟲（83 句）、蜻蜓（59 句）、蝸牛（59 句）……此處試舉數例：

蝶——
　春日第一隻蝴蝶：／沒跟主人打招呼，就直接／闖進客廳壁龕！

　院子裡的蝴蝶——／幼兒爬行，它飛翔，／他爬，它飛……

　蝴蝶飛舞——／我一時／忘了上路

螢——
　被擦鼻紙包著——／螢火蟲／依然發光

　再而三地逗弄／逗弄我們——／一隻飛螢

　以為我的衣袖是／你爹你娘嗎？／逃跑的螢火蟲

蚊——
　何其有幸！／也被今年的蚊子／盡情叮食

　涼爽天——／我的阿妹拿著杓子／追蚊子……

蛬（蟋蟀）──

　蟋蟀，翹起髭鬚，／自豪地／高歌……

　蟋蟀的叫聲／遮蔽了夜裡我在／尿瓶裡尿尿的聲音……

蚤──

　放它去吧，啊／放它去吧！／跳蚤也有孩子

　良月也！／在裡面──／跳蚤群聚的地獄

　混居一處──／瘦蚊，瘦蚤，／瘦小孩……

蠅──

　故鄉的／蒼蠅也會／刺人啊

　人生最後一覺──／今天，他同樣／發聲驅趕蒼蠅……

蟬──

　蟬啊，你聽起來／似乎在想念／想念你媽媽……

　第一聲蟬鳴：／「看看浮世！／看哪！看哪！」

蜻蜓——

　　遠山／在它眼裡映現——／一隻蜻蜓

　　紅蜻蜓——／你是來超度我輩／罪人嗎？

此外他也把一些前人鮮少寫過的動物寫進俳句裡，譬如蠹蟲、海參、虎蛾：

　　慌忙逃跑的／蠹蟲，包括／雙親與孩子……

　　不是鬼，／不是菩薩——／只是一隻海參啊

　　剛好在我熄燈時／過來——／一隻虎蛾

●

　　一茶十分擅長的擬人化手法賦予平凡無奇的日常事物靈動的生命力和無限的童趣，因此他筆下的許多動、植物會說話、聽話，有表情，有感情，會思考，會抱怨，會做夢，會戀愛，也會傷心，他似乎聽懂了它們的語言，融入了它們的世界，常忘我地與它們對話：

　　尿尿打／哆嗦——蟋蟀／一旁竊笑

　　沾了一身的油菜花／回來——／啊，貓的戀愛

如果有人來──／快偽裝成蛙吧,／涼西瓜!

蚊子又來我耳邊──／難道它以為／我聾了?

足下何時來到了／我的足下──／小蝸牛?

蟾蜍,被／桃花香氣所誘,／大搖大擺爬出來

雁與鷗／大聲吵嚷著──／「這是我的雪!」

蜂兒們嗡嗡／嗡嗡地說:瓜啊,／快長快長快長大……

閃電──／蟾蜍一臉／關他屁事的表情

蟾蜍!一副／能嗝出／雲朵的模樣

小麻雀啊,／退到一邊,退到一邊!／馬先生正疾馳而過

屋角的蜘蛛啊,／別擔心,／我懶得打掃灰塵……

蟲兒們,別哭啊,／即便相戀的星星／也終須一別

一茶是文字遊戲的高手,非常注重字質、音質,飽含情

感,又富理趣。他善用擬聲、擬態或重複堆疊的字詞,以及近音字、諧音字,讓俳句的形式和音韻展現平易又多姿的風貌:

「狗狗,過來／過來!」──／蟬這麼叫著

雪融了:今夜──／胖嘟嘟,圓嘟嘟的／月亮

下下又下下,／下又下之下國──／涼快無上啊!

火燒過後的土,／熱烘烘啊熱烘烘／跳蚤鬧哄哄
　跳……

他常借極簡的數字代替文字敘述,賦予所描繪的景象奇妙的動感,讓傳統的詩型產生今日動畫或圖象詩的效果,或者數學的趣味:

初雪──／一、二、三、四／五、六人

兩家,三家,四家……／啊,風箏的／黃昏!

兩三滴──／啊,三、四隻／螢火蟲……

五月雨──借到了／第五千五百支／傘

一茶也是意象大師，他的許多意象充滿令人訝異的巧思：歷經磨難的一茶悟出「此世，如／行在地獄之上／凝視繁花」；在長女夭折後，聽著不止的蟬鳴，止不住的傷慟在心中盤旋，彷彿旋轉不停的火紅風車：「蟬唧唧叫著——／如此熾烈之紅的／風車」；「放生會」上重獲自由的各色鳥兒，彷彿化作繁花在樹上重生：「放生會：各色鳥／繁花般／在樹上展翅」；飢腸轆轆如雷聲隆隆：「夏日原野——／一陣雷聲迴響於／我的空腹裡……」；吹拂松樹的風竟然讓他聯想起相撲選手：「三不五時／像相撲選手般翻滾過來……／一陣松風」；被雨水淋濕而身形畢露的人彷彿和馬一樣赤身裸體：「午後驟雨：／赤裸的人騎著／赤裸的馬」——非常「超現實」的畫面！

他的詩看似平淡實富深意，常常蘊含洞見，揭示我們身在其中而沒有發現的生命情境，讓人驚心、動心：

露珠的世界：／然而在露珠裡——／爭吵

人生如朝露，瞬間即破，而一茶把整個爭吵、喧鬧的世界置放於小小的露珠裡，這是何等巨大的張力和諷刺！

一茶寫詩自成一格，無規矩可言。他不受任何規範束縛，也不認為自己打破了什麼陳規或超越了什麼藩籬。他的獨特性格、人生經歷、生之體悟和當下的真實感受，便是他的寫作原則，他因此賦予了自己絕對的創作自由，賦予同樣的事物多樣的風情。看到白茫茫的雪，他感受到生之愉悅（「雪輕飄飄輕飄飄地／飛落——看起來／很可口」；「初

雪——／一、二、三、四／五、六人」），生之淒冷（「下雪，／草鞋：／在路上」；「這是我／終老埋身之所嗎——／雪五尺」），更發現生之趣味（「一泡尿／鑽出一直穴——／門口雪地上」）。他將神聖的宗教元素，與粗鄙的世俗事物並置，在看似矛盾間呈現出再真實不過的現實人生，形成某種耐人玩味的張力：「一邊咬嚼跳蚤，／一邊唸／南無阿彌陀佛！」；「黃鶯／一邊尿尿，／一邊唸妙法蓮華經……」；「流浪貓／把佛陀的膝頭／當枕頭」；「高僧在野地裡／大便——／一支陽傘」。他百無禁忌，邀大自然的朋友觀賞他尿尿的自然景觀：

請就位觀賞／我的尿瀑布——／來呀，螢火蟲

對他而言，「從大佛的鼻孔，／一隻燕子／飛出來哉」，不是褻瀆，而是日常、有趣之景；通常與神佛產生聯想的高潔蓮花也可以是「被棄的虱子們的收容所」；即便是一根卑微的小草也「迎有涼風落腳」，即便是乞丐居住的破落寮棚也有權利高掛美麗的風箏彩帶，因為眾生平等：

一隻美麗的風箏／在乞丐寮棚上空／高飛

有人的地方，／就有蒼蠅，／還有佛

黃鶯為我／也為神佛歌唱——／歌聲相同

八月十五的月／同樣照著／我的破爛房子

一代一代開在／這貧窮人家籬笆——／啊，木槿花

以超脫的率真和詼諧化解貧窮、孤寂的陰影，泯滅強與弱、親與疏、神聖與卑微的界限，這或許就是一茶俳句最具魅力的地方。

●

　　一茶一生信仰淨土宗。淨土宗是日本最大的佛教宗派，依照阿彌陀佛的第十八願「唸佛往生」，認為一心專唸彌陀名號，依仗阿彌陀佛的願力，就能感應往生淨土，死後於彼岸、西方樂土獲得重生。一茶在他的某些俳句中呈現了這類宗教信念，時常將自然萬物與唸佛之事結合，似乎相信唸佛聲迴盪於整個世界：

小麻雀／對著一樹梅花張嘴／唸經哉

單純地說著／信賴……信賴……／露珠一顆顆掉下

在清晨的／露珠中練習／謁見淨土……

隨露水滴落，／輕輕柔柔，／鴿子在唸經哉

　　一茶也認為世界充滿了慾望與貪念，而在佛教教義中那

正是人類苦難的源頭：

　　櫻花樹盛開──／慾望彌漫／浮世各角落

在一茶的時代，「浮世」每指浮華、歡愉之塵世，但亦含佛教所稱「短暫、無常人世」之原意。一茶覺得世人似乎鮮少察覺死亡之將近，以及死後之果報：

　　此世，如／行在地獄之上／凝視繁花

　　露珠四散──／今天，一樣播撒／地獄的種子

而一茶對唸佛之人或佛教繪畫有時語帶嘲諷：

　　一邊打蒼蠅／一邊唸／南無阿彌陀佛

　　地獄圖裡的／圍欄上，一隻／雲雀歌唱

　　隨著年歲增長，一茶相信佛並非僅存於彼岸西方樂土：「有人的地方，／就有蒼蠅，／還有佛」；「好涼快啊！／這裡一定是／極樂淨土的入口」；「涼風的／淨土／即我家」……他對「未來」也許不免仍有疑懼：「我不要睡在／花影裡──我害怕／那來世」，但淨土的意象助他心安。一茶死後，據說他的家人在其枕下發現底下這首詩，這或許是他的辭世之詩，他給自己的輓歌：

謝天謝地啊,／被子上這雪／也來自淨土……

●

二十世紀的西方詩壇自俳句汲取了相當多的養分:準確明銳的意象、跳接的心理邏輯、以有限喻無限的暗示手法等等:1910 年代的意象主義運動即是一個顯明的例子。從法語、英語到西班牙語、瑞典語……我們可以找到不少受到俳句洗禮的詩人——法國的勒納爾(Jules Renard,如〈螢火蟲〉——「那一滴在草叢中的月光!」),美國的史蒂文斯(Wallace Stevens,如〈十三種看黑鶇的方法〉——「在二十座雪山間／唯一活動的／是黑鶇的眼」……)、龐德(Ezra Pound,如〈地下鐵車站〉——「人群中這些臉一現:／黑濕枝頭的花瓣」),墨西哥的塔布拉答(José Juan Tablada,如〈西瓜〉——「夏日,艷紅冰涼的／笑聲:／一片／西瓜」)等皆是。2011 年諾貝爾文學獎得主、瑞典詩人特朗斯特羅默(Tomas Tranströmer),在年輕時就對俳句深感興趣,從 1959 年寫的「監獄俳句」到 2004 年出版的詩集《巨大的謎》,總共發表了 65 首「俳句詩」(Haikudikter)。

周作人在 1920 年代曾為文介紹俳句,他認為這種抒寫剎那印象的小詩頗適合現代人所需。我們不必拘泥於 5—7—5、總數十七字的限制,也不必局限於閑寂或古典的情調,我們可以借用俳句簡短的詩型,寫所見所聞、所思所感。事實上,現代生活的許多經驗皆可入詩,而一首好的短詩也可以是一個自身俱足的小宇宙,由小宇宙窺見大世界,正是俳句的趣味所在。

在最為世人所知的三位日本古典俳句大師中，松尾芭蕉一生創作了約千首俳句，與謝蕪村數量達三千，小林一茶則多達兩萬兩千首。陳黎在 1990 年代初曾中譯二、三十首一茶俳句，且在 1993 年寫了一首以「一茶」為題的詩與名為「一茶之味」的散文，似乎與一茶略有關係，但一直到 2018 年開始投入此一茶俳句選的翻譯工作後，方知先前只是淺嘗。此次，藉廣大網路資源與陸續入手的多種日文一茶俳句全集、選集，以及相關日、英語書籍之助，得以有效地在閱覽成千上萬首一茶俳句後，篩選、琢磨出 500 首一茶作品中譯，結集出版，應該算更能略體一茶之味了。陳黎嘗試寫作「中文俳句」多年，以《小宇宙》書名，陸續於 1993、2006、2016 年出版了 266 首「現代中文俳句」，又於 2022 年寫成〈淡藍色一百擊〉百首三行俳句。三十年持續實驗，在形式與思想的破格、求新上，竟有許多與一茶不謀而合或異曲同工處。這大概就是所謂「詩的家庭之旅」了──以詩、以譯，賡續並且重複我們的家族詩人已完成或未完成的詩作；賡續，並且重複，用我們自己的方式。

「一年又春天──／彌太郎成了／詩僧一茶」（春立や弥太郎改め一茶坊），這是 1818 年一茶追憶自己從彌太郎變成俳諧師「一茶坊」的一首俳句。一茶在他《寬政三年（1791）紀行》一作開頭已提到自己名為「一茶坊」。但何以以此為名？一茶俳友夏目成美在為一茶 1814 年編成的《三韓人》此俳句選所寫的序中說：「信濃國中有一隱士。胸懷此志，將宇宙森羅萬象置放於一碗茶中，遂以『一茶』為名。」英國詩人布萊克（William Blake，1757-1827）說「*一沙一世界／一*

花一天堂」（To see a World in a Grain of Sand / And a Heaven in a Wild Flower），與他同一年過世的小林一茶則是「一茶（一碗茶或一茶碗）一宇宙」，以無常之觀視人生為一碗茶，一碗瞬間即逝的泡沫，茶碗裡的風暴。

一茶的俳號一茶，一茶的每一首詩也是一茶——一碗茶，一個映照宇宙森羅萬象的小宇宙。這似乎與陳黎企圖通過俳句此一微小詩型，形塑「比磁／片小，比世界大：一個／可複製，可覆蓋的小宇宙」（陳黎《小宇宙》第200首）之意念遙相呼應。

日本著名俳句學者、作者山下一海（1932-2010）曾各以一字概括日本古典俳句三巨頭詩作特徵：芭蕉——「道」；蕪村——「藝」；一茶——「生」。一茶的確是一位詩句生意盎然，充滿生活感、生命感的「生」之詩人，兩萬首俳句處處生機，如眾生縮影——「包容那幽渺的與廣大的／包容那苦惱與喜悅的／包容奇突／包容殘缺／包容孤寂／包容仇恨……」——或可挪用陳黎寫讓他感覺「萬仞山壁如一粒沙平放心底」的家鄉太魯閣峽谷之詩，如是描繪包容生與死的一茶的詩的巨大峽谷。

陳黎《小宇宙》第131首如是說：

一茶人生：
在茶舖或
往茶舖的途中

人生如一茶，如一碗又一碗茶，而一茶以他「一茶坊」的詩

句讓我們飲之、味之，讓我們在「一茶」中體會宇宙星羅萬象的趣味與氣味。讀者諸君，你們也和我們一樣，正在茶舖，或正在前往一茶茶舖／一茶坊——的路上嗎？讀一茶的俳句，不費力氣，卻令人心有戚戚焉。一茶的味道是生活的味道：愁苦、平淡的人生中，一碗有情的茶。

●

這本拙譯小林一茶俳句選裡的俳句文本、創作年代、排列順序，主要參照網羅一茶全數俳句（22000 首）的日文網站「一茶の俳句データベース」（一茶俳句資料庫）中的資料，並參考「信濃每日新聞社」出版，共九卷的《一茶全集》（1976-1979）——其中《第一卷：發句》厚 860 多頁，收錄一茶俳句（扣除類似句）約 18700 首。

小林一茶俳句選

（500首）

001

春風──
女侍從的
短刀……

☆春風や供の女の小脇差（年代不明）

harukaze ya / tomo no onna no / kowakizashi

譯註：「供」（tomo），侍從，隨從；「脇差」（wakizashi），腰刀、短刀，「小脇差」即短腰刀、小短刀。

002

新春吃硬物健齒延壽
比賽──貓獲勝，
咪咪笑……

☆歯固は猫に勝れて笑ひけり（年代不明）

hagatame wa / neko ni katarete / waraikeri

譯註：「歯固」（hagatame），日本的健齒風俗，於正月頭三天吃糯米餅、乾栗子、蘿蔔等硬物，因「歯」有「齢」之意，故以之寓祝健康長壽。

003

　　悠閒地──
　　山中和尚，從
　　柵欄空隙窺視

☆長閑さや垣間を覗く山の僧（年代不明）

nodokasa ya / kakima o nozoku / yama no sō

譯註：「長閑さ」（nodokasa），悠閒、清閒之意；「覗く」（nozoku），窺視、探視之意。

004

　　春日第一隻蝴蝶：
　　沒跟主人打招呼，就直接
　　闖進客廳壁龕！

☆はつ蝶や会釈もなしに床の間へ（年代不明）

hatsuchō ya / eshaku mo nashi ni / tokonoma e

譯註：「はつ蝶」（初蝶：hatsuchō），春天最初見到的蝴蝶；「会釈」（eshaku），打招呼；「なし」（無し：nashi），無、沒有；「床の間」（tokonoma），壁龕，日式客廳中的凹間。

005

院子裡的蝴蝶——
幼兒爬行，它飛翔，
他爬，它飛……

☆庭のてふ子が這へばとびはへばとぶ（年代不明）

niwa no chō / ko ga haeba tobi / haeba tobu

譯註：原詩可作「庭の蝶／子が這へば飛／這へば飛ふ」。「這へば」（haeba），爬之意。這首著名的俳句生動地刻繪了一個在地上爬的嬰兒，想要接近或到達在其頭上飛的蝴蝶而不可得的情景。一茶曾為此詩作畫。

006

世間的蝴蝶
照樣得從早到晚
辛勞不停……

☆世の中は蝶も朝からかせぐ也（年代不明）

yononaka wa / chō mo asa kara / kasegu nari

譯註：「から」（kara），從……起；「かせぐ」（稼ぐ：kasegu），拼命地勞動。

007

　　我國
　　連草也開花——
　　櫻花！

☆我国は草さへさきぬさくら花（年代不明）
waga kuni wa / kusa sae sakinu / sakurabana

譯註：此處的「國」（国：kuni），指一茶的家鄉信濃國；「さへ」（さえ：sae），連、甚至；「さきぬ」（咲きぬ：sakinu），（花）開；「さくら花」（桜花：sakurabana），櫻花。此詩說草會開櫻花（木本植物），指的其實是草本植物的「櫻草花」（桜草：sakurasō），其顏色和形狀與櫻花相似。

008

　　涼爽天——
　　我的阿妹拿著杓子
　　追蚊子……

☆涼しさは蚊を追ふ妹が杓子哉（年代不明）
suzushisa wa / ka o ō imo ga / shakushi kana

譯註：「妹」（imo），阿妹，對妻子或戀人的稱呼。

009
    涼哉，
    一扇揮來
    千金雨……

☆涼しさや扇でまねく千両雨（年代不明）
suzushisa ya / ōgi de maneku / senryō ame

譯註：「まねく」（招ぐ：maneku），招來、揮來。一茶曾以毛筆書寫此俳句，署名「俳諧寺一茶」。

010
    小蝸牛，
    一步一步登上
    富士山吧

☆蝸牛そろそろ登れ富士の山（年代不明）
katatsuburi / sorosoro nobore / fuji no yama

譯註：「そろそろ」（sorosoro），慢慢地、徐徐地。

011

　　門口的小菜園──
　　這黃昏小雷陣雨
　　是為你訂製的！

☆門畠やあつらへむきの小夕立（年代不明）
kadobata ya / atsuraemuki no / koyūdachi

譯註：「あつらへむき」（誂え向き：atsuraemuki），訂做的、量身打造的、合適的之意；「夕立」（yūdachi），傍晚的驟雨、雷陣雨。

012

　　他穿過擁擠的人群，
　　手持
　　罌粟花

☆けし提て群集の中を通りけり（年代不明）
keshi sagete / gunshū no naka o / tōrikeri

譯註：「けし」（罌粟／芥子：keshi），即罌粟花。

013
　　盡善
　　盡美矣……
　　即便一朵罌粟花

☆善尽し美を尽してもけしの花（年代不明）
zen tsukushi / bi o tsukushite mo / keshi no hana

譯註：此詩呼應英國詩人布萊克的詩句「一花一天堂」，又下啟法國詩人波特萊爾的「惡之華」。

014
　　白露閃閃，
　　大珠小珠
　　現又消……

☆白露の身にも大玉小玉から（年代不明）
shiratsuyu no / mi nimo ōtama / kotama kara

譯註：閃閃露珠既是美的化身，也是一切短暫、瞬間即逝事物的象徵。大珠小珠落大地的玉盤，為眾生書寫透明的墓誌銘。

015

　　跟人一樣——
　　沒有任何稻草人
　　能屹立不倒……

☆人はいさ直な案山子もなかりけり（年代不明）

hito wa isa / suguna kagashi mo / nakarikeri

譯註：「直な」（suguna），筆直、挺直、直立之意；「案山子」（kagashi），稻草人；「なかりけり」（無かりけり：nakarikeri），無、沒有。

016

　　中秋圓月——
　　用外套遮掩
　　慾望和尿

☆名月や羽織でかくす欲と尿（年代不明）

meigetsu ya / haori de kakusu / yoku to shito

譯註：「羽織」（haori），短外套、外褂；「かくす」（隱す：kakusu），掩蓋、遮掩；「と」（to），和、與。

017
　　老鼠啊
　　不要把尿撒在
　　我的舊棉被

☆鼠らよ小便無用古衾（年代不明）
nezumira yo / shōben muyō / furubusuma
譯註：「無用」（muyō），不必要、無須。

018
　　黃鶯
　　一邊尿尿，
　　一邊唸妙法蓮華經……

☆鶯や尿しながらもほっけ経（年代不明）
uguisu ya / shito shi nagara mo / hokkekyō
譯註：「ながら」（乍ら：nagara），「一邊……一邊……」；「ほっけ経」（法華経：hokkekyō），法華經、妙法蓮華經。

019
　　古池──
　　「讓我先！」
　　青蛙一躍而入⋯⋯

☆古池や先御先へととぶ蛙（年代不明）
furuike ya / mazu osaki e to / tobu kawazu

譯註：「とぶ」（飛ぶ／跳ぶ：tobu），跳躍。此詩是松尾芭蕉名句「古池──／青蛙躍進：／水之音」（古池や蛙飛びこむ水の音）的變奏。

020
　　傍晚的柳樹
　　向洗濯的老婆婆
　　彎身致意⋯⋯

☆洗たくの婆々へ柳の夕なびき（年代不明）
sentaku no / baba e yanagi no / yū nabiki

譯註：「なびき」（靡き：nabiki），招展、搖曳、依從。

021

　　尿尿打
　　哆嗦——蟋蟀
　　一旁竊笑

☆小便の身ぶるひ笑へきりぎりす（年代不明）

shōben no / miburui warae / kirigirisu

譯註：「身ぶるひ」（身振るひ：miburui），身體振動、打哆嗦；「きりぎりす」（kirigirisu），即「蟋蟀」。

022

　　當我死時
　　照看我墳——
　　啊，蟋蟀

☆我死なば墓守となれきりぎりす（年代不明）

ware shinaba / hakamori to nare / kirigirisu

譯註：「墓守」（hakamori），守墓、守墓者；「なれ」（成れ：nare），成為。

023
　　有人問，
　　就答「露水」──
　　瞭解嗎？

☆人問ば露と答へよ合点か（年代不明）
hito towaba / tsuyu to kotae yo / gatten ka
譯註：「合点」（gatten），理解、領會。

024
　　萩花散落身上──
　　入眠的貓，想像
　　自己是一頭鹿

☆乱れ萩鹿のつもりに寝た猫よ（年代不明）
midare hagi / shika no tsumori ni / neta neko yo
譯註：「つもり」（積もり：tsumori），推想、心想。

47

025
 柿子啊，
 要花幾天
 你才會滾到山下？

☆柿の実や幾日ころげて麓迄（年代不明）
kaki no mi ya / ikunichi korogete / fumoto made
譯註：「ころげて」（転げて：korogete），滾轉。

026
 初雪——
 這隻老尿壺是
 我最珍貴的寶物

☆はつ雪や一の宝の古尿瓶（年代不明）
hatsuyuki ya / ichi no takara no / furu shibin
譯註：「はつ雪」（初雪：hatsuyuki），入冬後第一場雪。

027

　　從現在起，不知
　　還要開多少回呢……
　　松樹的花

☆是からも未だ幾かへりまつの花（1787）
korekara mo / mada ikukaeri / matsu no hana

譯註：此詩被推論為目前所知一茶最早發表的俳句，收錄於1787年信州出版，祝賀居住於信州佐久郡上海瀨的新海米翁八十八歲壽辰的紀念集《真左古》（まさご）裡。「是から／此れから」（korekara），從現在起；「未だ」（mada），仍、還有；「幾かへり」（幾返り：ikukaeri），幾回、多少回；「まつ」（matsu），即「松」。

028

　　青苔的花在
　　它小裂縫裡長出來——
　　地藏菩薩石像

☆苔の花小疵に咲や石地蔵（1788）
koke no hana / kokizu ni saku ya / ishijizō

譯註：「石地蔵」（ishijizō），石刻的地藏菩薩像。

029

  蝴蝶飛舞──

  我一時

  忘了上路

☆舞蝶にしばしは旅も忘けり（1788）

mau chō ni / shibashi wa tabi mo / wasurekeri

譯註：「しばし」（暫し：shibashi），暫時、一時。

030

  放生會：各色鳥

  繁花般

  在樹上展翅

☆色鳥や木々にも花の放生会（1788）

irodori ya / kigi nimo hana no / hōjōe

譯註：「放生会」（hōjōe，放生會），基於佛教不殺生、不食肉的戒條，將捕獲到的生物放生到池塘或者野外的法會。

031

　　孤獨——
　　四面八方都是
　　紫羅蘭……

☆淋しさはどちら向ても菫かな（1788）

sabishisa wa / dochira muite mo / sumire kana

譯註:「淋しさ」（寂しさ：sabishisa），寂寞、孤獨;「どちら」（何方：dochira），意指任何地方。

032

　　今天即便象潟
　　也不覺幽怨……
　　繁花之春

☆象潟もけふは恨まず花の春（1789）

kisagata mo / kyō wa uramazu / hana no haru

譯註：象潟，位於今日本秋田縣由利郡、面日本海之名勝，乃因地陷而形成之海灣。詩人松尾芭蕉曾於1689年到此遊歷，一茶此詩恰寫於一百年之後，呼應芭蕉《奧之細道》第31章「象潟」中「松島は笑ふがごとく、象潟は恨むがごとし」（松島含笑，象潟幽怨），「象潟や雨に西施がねぶの花」（象潟雨濕／合歡花：西施／眉黛愁鎖）等詩文。「けふ」（kyō），即「今日」;「恨まず」（uramazu），不怨恨、不幽怨之意;「花の春」，繁花之春，表示新年的季語。

033

　　這亂哄哄人世的

　　良藥——

　　遲開的櫻花

☆騒がしき世をおし祓って遅桜（1789）

sawagashiki / yo o oshiharatte / osozakura

譯註：「おし」（押し：oshi），接頭語，用以強調其後所接之動詞；「祓って」（haratte），袚除、清洗、淨化之意；「遅桜」（osozakura），遲開的櫻花、晚櫻。本詩直譯大致為「洗淨／這亂哄哄的人世——／啊，晚櫻」。

034

　　喝醉後，連說話

　　都顛三倒四

　　像重瓣的八重櫻

☆酔ってから咄も八重の桜哉（1789）

yotte kara / hanashi mo yae no / sakura kana

譯註：「咄」（話：hanashi），說話；「八重の桜」（yae no sakura）即「八重桜」（yaezakura），櫻花的品種之一，花大，花瓣重疊數層。

035
　　三文錢：
　　望遠鏡下所見
　　一片霧茫茫

☆三文が霞見にけり遠眼鏡（1790）
sanmon ga / kasumi minikeri / tōmegane

譯註：此詩記一茶於寬政二年登江戶的湯島台，花費「三文錢」使用其上的望遠鏡觀景之事，頗詼諧有趣。「霞」（kasumi），即霧，朦朧、迷濛之意。

036
　　明天再走
　　最後一里路……
　　夏夜之月

☆最う一里翌を歩行ん夏の月（1790）
mō ichiri / asu o arikan / natsu no tsuki

譯註：「翌」（asa），翌（日）、次（日）。

037
　　山寺鐘聲――
　　雪底下
　　悶響

☆山寺や雪の底なる鐘の声（1790）
yamadera ya / yuki no soko naru / kane no koe

038

　　熱氣蒸騰——
　　兩座墳
　　狀似密友

☆陽炎やむつましげなるつかと塚（1791）
kagerō ya / mutsumashigenaru / tsuka to tsuka

譯註：此詩為一茶至位於今埼玉縣熊谷市的蓮生寺參謁，在蓮生、敦盛兩人並連之墓前哀悼之作。蓮生、敦盛，為《平家物語》「一谷會戰」中描述的平安時代末期兩位武將，生前為敵人。蓮生本名熊谷直實，為關東第一武者；敦盛姿容端麗，擅吹橫笛，年僅十五。與直實對陣的敦盛被打落馬下，直實急於割取對手首級，掀敦盛頭盔，見其風雅俊朗，年輕的臉上全無懼色，又見其腰間所插橫笛，乃知昨夜敵陣傳來之悠揚動人笛聲乃其所吹奏。直實不忍殺之，請其快逃，為敦盛所拒。直實為免敦盛受他人屈辱，遂取敦盛首級，潸然淚下，拔敦盛腰間之笛，吹奏一曲，黯然而去。懼敦盛亡魂復仇，直實後落髮出家，法號蓮生。「陽炎」（kagerō），又稱陽氣，春夏陽光照射地面升起的遊動氣體；「むつまし」（睦まし：mutsumashi），親密；「つかと塚」（塚と塚：tsuka to tsuka），墳與墳。

039
　　手倚青梅上
　　呼呼大睡……
　　啊蛙

☆青梅に手をかけて寝る蛙哉（1791）
aōme ni / te o kakete neru / kawazu kana

譯註：「かけて」（kakete），在……上。

040
　　我的花友們，
　　下次相逢——
　　不知是何春？

☆華の友に又逢ふ迄は幾春や（1791）
hana no tomo / ni mata au made wa / ikuharu ya

041

  連門前的樹
  也安適地
  在傍晚納涼……

☆門の木も先つつがなし夕涼（1791）
kado no ki mo / mazu tsutsuganashi / yūsuzumi
譯註：「つつがなし」（恙無し：tsutsuganashi），安適無恙地。

042

  杜鵑鳥啊，
  這雨
  只落在我身上嗎？

☆時鳥我身ばかりに降雨か（1791）
hototogisu / waga mi bakari ni / furu ame ka
譯註：「時鳥」（hototogisu），即布穀鳥、杜鵑鳥；「ばかり」（bakari），僅、只。

043

蓮花——
被棄的虱子們的
收容所……

☆蓮の花虱を捨るばかり也（1791）

hasu no hana / shirami o suteru / bakari nari

044

在裝飾於門口的
松竹之間——
今年第一道天光

☆松竹の行合の間より初日哉（1792）

matsu take no / yukiai no ma yori / hatsuhi kana

譯註：日本人正月新年期間，各戶門口會擺上一些松竹，稱為「門松」（kadomatsu），為年節的裝飾，迎神祈福的標誌。「行合」（行き合ひ：yukiai），相會、相遇；「より」（yori），自、從；「初日」（hatsuhi），元旦早晨的太陽。

045

　　春風,以
　　尾上神社之松為弦
　　歡快奏鳴

☆春風や尾上の松に音はあれど(1792)

harukaze ya / onoe no matsu ni / ne wa aredo

譯註:尾上神社(位於今兵庫縣加古川市)擁有國家重要文化財「尾上之鐘」,以及能樂謠曲《高砂》中所唱到的「尾上之松」(尾上の松:onoe no matsu)。神社內的「片枝之松」,枝葉集中於樹幹一側皆向東伸展,也廣為人知。

046

　　櫻花雲——
　　是天女
　　下凡嗎?

☆もし降らば天津乙女ぞ花曇(1792)

moshi furaba / amatsuotome zo / hanakumori

譯註:「もし」(moshi),是否之意;「天津乙女」(amatsuotome),天上的少女、天女。

047

  被馬屁驚醒——
  睜眼,
  螢火蟲飛舞……

☆馬の屁に目覚て見れば飛ほたる（1792）

uma no he ni / mezamete mireba / tobu hotaru

譯註:「目覚めて」（mezamete）,吵醒、驚醒;「ほたる」（螢:hotaru）,螢火蟲。

048

  讓他如蚊蠅般
  走過吧——
  孤寂的僧人

☆通し給へ蚊蠅の如き僧一人（1792）

tōshi tamae / ka hae no gotoki / sō hitori

049

  牡丹花落，
  濺出
  昨日之雲雨……

☆散ぼたん昨日の雨をこぼす哉（1792）

chiru botan / kinō no ame o / kobosu kana

譯註：「ぼたん」（botan），即「牡丹」；「こぼす」（溢す：kobosu），溢出、濺出。與謝蕪村1770年有俳句「茶花飄落，／濺出／昨日之雨……」（椿折て昨日の雨をこぼしけり）。

050

  在夜裡
  變成白浪嗎？
  遠方的霧

☆しら浪に夜はもどるか遠がすみ（1792）

shiranami ni / yoru wa modoru ka / tōgasumi

譯註：「しら浪」（shiranami），即「白浪」；「もどる」（戻る：modoru），回歸、變成；「遠がすみ」（遠霞：tōgasumi），遠方的霧。

051

　　船夫啊
　　不要把尿撒在
　　浪中之月

☆船頭よ小便無用浪の月（1792）

sendō yo / shōben muyō / nami no tsuki

譯註：「船頭」（sendō），船夫、船老大；「無用」（muyō），不要之意。

052

　　夏夜，
　　以澡堂的風呂敷為被——
　　旅人入夢

☆夏の夜に風呂敷かぶる旅寝哉（1792）

natsu no yo ni / furushiki kaburu / tabine kana

譯註：「風呂敷」（furushiki），日本昔日澡堂裡供客人將自己東西包起來的大塊方巾；「かぶる」（被る：kaburu），蓋上、蒙上。

053

涼風──
在夢中，
一吹十三里

☆涼しさや只一夢に十三里（1792）
suzushisa ya / tada hito yume ni / jūsanri

054

在京都，
東西南北
盡是艷色單衣和服

☆みやこ哉東西南北辻が花（1792）
miyako kana / tōzainamboku / tsujigahana

譯註：此詩寫位於東西南北四方之中心之京都，市中心東西南北大街上，著艷色夏日和服行人，來來往往之盛景。「みやこ」（都：miyako），京城、都城；「辻が花」（tsujigahana），帶有紅色或其他色紮染花樣的「帷子」（かたびら：katabira，夏用的單衣，無內裡的和服）。

055

東西南北
交相吹——啊,
秋末狂風

☆東西南北吹交ぜ交ぜ野分哉(1792)
tōzainamboku / fuki mazemaze / nowaki kana

譯註:「野分」(nowaki),指秋末狂風。

056

父在母在
我在的——啊,
美如繁花之日

☆父ありて母ありて花に出ぬ日哉(1792)
chichi arite / haha arite hana ni / denu hi kana

譯註:「ありて」(在りて:arite),在;「出ぬ日」(denu hi),意謂「不出門的日子」,「ぬ」(nu)表示否定。孔子說「父母在,不遠遊」。父在母在我在——一家人同在——即是美如繁花之日了!

057

　　外面雪落
　　裡面煤灰落──
　　我的家

☆外は雪内は煤ふる栖かな（1792）

soto wa yuki / uchi wa susu furu / sumika kana

譯註：「煤」（susu），煤灰、煤煙；「ふる」（降る：furu），落下；「栖」（sumika），住處、家。一茶1818年另有一首類似之作──「裡面煤灰／啪嗒啪嗒落──啊，／夜雪霏霏……」（内は煤ぼたりぼたりや夜の雪：uchi wa susu / botaribotari ya / yoru no yuki）。

058

　　春日──日日
　　靚女一個
　　又一個出現

☆嬌女を日々にかぞへる春日哉（1793）

taoyame o / hibi ni kazoeru / haruhi kana

譯註：「かぞへる」（算へる／数える：kazoeru），計數、計算、列舉。

059

雨夜：欲眠的心
一朵朵數著——
花落知多少……

☆寝心に花を算へる雨夜哉（1793）

negokoro ni / hana o kazoeru / amayo kana

譯註：此詩應是唐代詩人孟浩然〈春曉〉一詩（「春眠不覺曉，處處聞啼鳥。夜來風雨聲，花落知多少？」）的變奏。

060

馬鞍上——
三隻、四隻、六隻
蝗蟲……

☆鞍壺に三ツ四ツ六ツいなご哉（1793）

kuratsubo ni / mittsu yotsu mutsu / inago kana

譯註：「鞍壺」（kuratsubo），鞍座心、鞍心子，鞍子中部騎坐的地方；「いなご」（蝗：inago），蝗蟲。

061
　　阿妹燒著蚊子，
　　紙燭映照著
　　她的臉龐……

☆蚊を焼くや紙燭にうつる妹が顔（1793）
ka o yaku ya / shisoku ni utsuru / imo ga kao

譯註：此詩為一茶俳句中難得一見的情詩。詩中的「她」殆為旅途中萍水相逢的有情妹。「紙燭」（shisoku），將紙撚浸上油的照明器具，類似油燈；「うつる」（映る：utsuru），映、照之意。

062
　　秋夜——
　　旅途中的男人
　　笨手笨腳補衣衫

☆秋の夜や旅の男の針仕事（1793）
aki no yo ya / tabi no otoko no / harishigoto

063

　　一夜共寢晨別——
　　頻頻回視阿妹家，
　　直至唯見霧茫茫

☆きぬぎぬやかすむ迄見る妹が家（1794）

kinuginu ya / kasumu made miru / imo ga ie

譯註：「きぬぎぬ」（kinuginu），漢字寫為「後朝」或「衣衣」，指男女戀人夜間疊衣共寢，次晨各自穿衣別離；「かすむ」（霞む：kasumu），霧靄籠罩，朦朧、看不清之意。

064

　　茶煙
　　與柳枝，齊
　　搖曳……

☆茶の煙柳と共にそよぐ也（1794）

cha no kemuri / yanagi to tomo ni / soyogu nari

譯註：此詩大概是一茶詩作中首次出現「茶」一字的俳句。「そよぐ」（戦ぐ：soyogu），搖曳、微動。

065

　　蛙鳴,
　　雞啼,
　　東方白

☆蛙鳴き鶏なき東しらみけり（1795）
kawazu naki / tori naki higashi / shiramikeri

譯註:「なき」(鳴き／啼き:naki),鳴叫、啼叫;「しらみけり」(白みけり:shiramikeri),轉白、變白。

066

　　即便在花都京都,
　　也有令人
　　厭倦時……

☆或時は花の都にも倦にけり（1795）
aru toki wa / hana no miyako nimo / akinikeri

譯註:京都古來為日本宮廷與傳統文化的中心,既是櫻花、梅花……繁花盛開之都,也是政經、文化繁華之都。「或」(aru),有。

067

　　轉身
　　向柳樹——啊,
　　錯過了一位美女……

☆振向ばはや美女過る柳哉（1795）

furimukeba / haya bijo sugiru / yanagi kana

譯註:「振向ばは」(furimukeba),回頭看之意;「はや」(早:haya),早已之意;「過る」(過ぎる:sugiru),消逝之意。

068

　　五月雨——借到了
　　第五千五百支
　　傘

☆五月雨や借傘五千五百ばん（1795）

samidare ya / kashigasa gosen / gohyakuban

譯註:「五月雨」(samidare),即陰曆五月的連綿梅雨;「ばん」(番:ban),號、第……號,此處意謂「支」。

069

更衣日，換衣服——
旅途上的虱子
也改跑進新衣內

☆衣がへ替ても旅のしらみ哉（1795）

koromogae / kaete mo tabi no / shirami kana

譯註：「衣がえ」（衣更え／更衣：koromogae），意為「更衣日」，通常指陰曆四月一日，於是日脫下棉袍，改穿夏衣；「しらみ」（虱：shirami），虱子。

070

一副神社的御旅所
屬於它所有的樣子——
那隻蝸牛

☆御旅所を吾もの顔やかたつぶり（1795）

otabisho o / wagamonogao ya / katatsuburi

譯註：「御旅所」（otabisho），日本神社祭禮時，神輿的暫停處；「吾もの顔」（我が物顔：wagamonogao），旁若無人、傲然之意；「かたつぶり」（katatsuburi），即「蝸牛」。

071

　　天廣，
　　地闊，秋天
　　正闊別秋天⋯⋯

☆天広く地ひろく秋もゆく秋ぞ（1795）

ten hiroku / chi hiroku aki mo / yuku aki zo

譯註：「ひろく」即「広く」（hiroku），廣闊之意；「ゆく秋」（行秋：yuku aki），秋將去，晚秋。

072

　　和大家一樣
　　在榻榻米上──
　　看月亮⋯⋯

☆人並に畳のうえの月見哉（1796）

hitonami ni / tatami no ue no / tsukimi kana

譯註：此詩寫於寬政八年（1796）八月十五夜，是在松山宜來亭舉行的中秋賞月會連吟的「發句」。「人並」（hitonami），跟大家一樣；「畳」（tatami），榻榻米；「うえ」（上：ue），上、上面。

073

　　下雪,
　　草鞋:
　　在路上

☆降雪に草履で旅宿出たりけり（1796）

furu yuki ni / zōri de tabiyado / detarikeri

譯註:此詩描寫一茶自己「西國行腳」途中,在下雪的冬日早晨著草鞋步出旅店,繼續上路行吟的情景——上接芭蕉《奧之細道》行腳,下啟二十世紀美國「垮掉的一代」傑克‧凱魯亞克（Jack Kerouac,1922-1969）的《在路上》（*On the Road*）。

074

　　在元旦日
　　變成
　　一個小孩吧!

☆正月の子供に成て見たき哉（1797）

shōgatsu no / kodomo ni natte / mitaki kana

譯註:「正月」（shōgatsu）,意謂「新年」;「子供」（kodomo）,小孩。

075
閃電──
横切過雨中，
讓涼意也帶電！

☆涼しさや雨をよこぎる稲光り（1798）
suzushisa ya / ame o yokogiru / inabikari

譯註：「よこぎる」（橫切る：yokogiru），橫切過；「稲光り」（inabikari），閃電。

076
那小孩挨罵
令我羨慕──
歲暮

☆叱らるる人うらやまし年の暮（1798）
shikararuru / hito urayamashi / toshi no kure

譯註：一茶是孤兒，羨慕別人家孩子有爸爸媽媽可以罵他。「叱らるる」（shikararuru），被責備、挨罵；「うらやまし」（羨まし：urayamashi），羨慕、嫉妒。

077

  昨夜爐火邊
  他以微笑
  向我道別

☆炉のはたやよべの笑ひがいとまごひ（1799）

ro no hata ya / yobe no warai ga / itomagoi

譯註：一茶此詩追憶突然去世的恩人，俳句詩人大川立砂（?-1799）。原詩可作「炉の傍や／喚べの笑ひが／暇乞い」。「はた」（傍：hata），旁邊；「いとまごひ」（暇乞い：itomagoi），辭行、告別致意。

078

  彷彿為夏天的
  山脈洗臉——
  太陽出來了

☆夏山に洗ふたよふな日の出哉（1800）

natsuyama ni / arauta yōna / hinode kana

譯註：「よふな」（樣な：yōna），好像、彷彿之意。

079

　　足下何時來到了

　　我的足下——

　　小蝸牛？

☆足元へいつ来りしよ蝸牛（1801）

ashimoto e / itsu kitarishi yo / katatsuburi

譯註:「足元」(ashimoto)，腳下;「いつ」(itsu)，即「何時」。

080

　　人生最後一覺——

　　今天，他同樣

　　發聲驅趕蒼蠅……

☆寝すがたの蠅追ふもけふがかぎり哉（1801）

nesugata no / hae ō mo kyō ga / kagiri kana

譯註:一茶的父親於享和元年4月病逝。此為收於《父之終焉日記》中，記其父生前最後一日情狀之詩。「寝すがた」(寝姿:nesugata)，睡覺的姿勢;「けふ」(kyō)，即「今日」;「かぎり」(限り:kagiri)，直到……為止。

081
　　草上之露
　　濺著
　　我這殘存者⋯⋯

☆生残る我にかかるや草の露（1801）
ikinokoru / ware ni kakaru ya / kusa no tsuyu

譯註：此詩為父亡後一茶之作。草上之露，亦一茶之淚。「かかる」（繫る／掛る：kakaru），濺上、淋上。

082
　　倘若父親還在——
　　綠野上同看
　　黎明的天色

☆父ありて明ぼの見たし青田原（1801）
chichi arite / akebono mitashi / aotahara

譯註：一茶此詩追憶父親生前與其晨起共賞綠野天光之景。「ありて」（在りて：arite），在。「明ぼの」（曙：akebono），黎明。

083

一枝即讓

京都的天空成形——

啊,梅花

☆片枝は都の空よむめの花(1802)

kataeda wa / miyako no sora yo / mume no hana

譯註:「むめ」(mume),即「梅」。日語「片枝」(kataeda),指「一方之枝」、「片方之枝」,單側的樹枝——如是,本詩可直譯成「一方之枝╱即讓京都天空成形——╱啊,梅花」。

084

「春來了⋯⋯」

第一音方出,

四野皆綠

☆春立といふばかりでも草木哉(1803)

haru tatsu to / iu bakari demo / kusaki kana

譯註:「春立」(春立つ:haru tatsu),春天開始了,立春;「いふ」(言ふ:iu),說、發出聲音。

085
夕暮，
梅一枝──
等待折枝人

☆梅一枝とる人を待ゆふべ哉（1803）
ume hito e / toru hito o matsu / yūbe kana

譯註：一茶此詩頗微妙。「花」通常為女性之象徵，「等待折枝人」意謂女性等候情人或有情人之到來。但此詩寫成之期，正是今年（1803）6月一茶赴上總富津訪其女弟子織本花嬌（見本書第91首）前之春天。如此，等待有情人來折其花者，或就是一茶自己！「とる」（採る／取る：toru），摘、折；「ゆふべ」（夕べ：yūbe），夕暮。

086
梅開
鶯鳴──
而我孤獨一人

☆梅咲けど鶯鳴けど一人かな（1803）
ume sakedo / uguisu nakedo / hitori kana

087
　　百合花叢裡的
　　蟾蜍，一直
　　盯著我看

☆我見ても久しき蟾や百合の花（1803）
ware mite mo / hisashiki hiki ya / yuri no hana

088
　　老臉倚著
　　朝顏花——輕搖
　　花顏如團扇

☆朝顔に老づら居て団扇哉（1803）
asagao ni / oizura suete / uchiwa kana

譯註：「朝顏」（asagao），即牽牛花。

089

　　夏日之山——
　　每走一步，海景
　　更闊

☆夏山や一足づつに海見ゆる（1803）

natsuyama ya / hitoashi zutsu ni / umi miyuru

譯註：「一足づつ」（一足ずつ：hitoashi zutsu），每一步之意。

090

　　夏日原野——
　　一陣雷聲迴響於
　　我的空腹裡……

☆空腹に雷ひびく夏野哉（1803）

sukibara ni / kaminari hibiku / natsuno kana

譯註：「ひびく」（響く：hibiku），響、迴響。

091

　　她手中的團扇
　　多美啊——
　　未亡人

☆うつくしき団扇持けり未亡人（1803）

utsukushiki / uchiwa mochikeri / mibōjin

譯註：此首俳句為一茶寫給才貌兼備的女詩人織本花嬌（1755?-1810）的戀歌。花嬌是一茶唯一的女弟子；丈夫為上總（千葉縣）富津村富豪織本嘉右衛門，於1793年病死。一茶29歲時（1791）初識伊人。1803年6月，四十一歲的一茶有富津行，寫成了此首（以及下一首）給「未亡人」花嬌之詩。說團扇美，其實是伊人美啊！「うつくしき」（美しき：utsukushiki），美麗。

092

    啊,銀河──
    我這顆星,今夜
    要借宿何處?

☆我星はどこに旅寝や天の川(1803)

waga hoshi wa / doko ni tabine ya / amanogawa

譯註:此詩為富津行中的一茶七夕時所作,是一首動人的情詩——自比為牛郎星,渴望能與彼「織」(本花嬌)女聚合。翌年七月一茶又有富津行,另寫了一首七夕詩(見本書第106首)。「どこ」(何所:doko),何處;「天の川」(amanogawa),即銀河。

093

    湯鍋裡──
    銀河
    歷歷在目

☆汁なべもながめられけり天の川(1803)

shirunabe mo / nagamerarekeri / amanogawa

譯註:原詩可作「汁鍋も/眺められけり/天の川」。「汁なべ」(汁鍋:shirunabe),湯鍋。

094

秋寒:所到
之處,家家戶戶
入門各自媚

☆秋寒むや行先々は人の家(1803)

akisamu ya / yuku sakizaki wa / hito no ie

譯註:一茶此首俳句前書「鵲巢」二字,是受《詩經・召南・鵲巢》一篇「維鵲有巢,維鳩居之……」啟發之作。「先々」(さきざき:sakizaki),所到之處。

095

照見同齡人
臉上的皺紋——
啊,燈籠

☆同じ年の顔の皺見ゆる灯籠哉(1803)

onaji toshi no / kao no shiwa miyuru / tōro kana

譯註:每年陰曆七月十五前後的「盂蘭盆節」可謂日本的中元節,是日本重要的傳統節日,出門在外工作者都會於此時返鄉團聚祭祖。此處的燈籠應為盂蘭盆會時為亡魂所點的燈籠,亦照在生者臉上。

096
　　秋暮——
　　連我種的松樹
　　也老了！

☆我植し松も老けり秋の暮（1803）
waga ueshi / matsu mo oikeri / aki no kure

097
　　我一人份的
　　　青菜大餐——晨霜
　　冰過保鮮呢

☆一人前菜も青けりけさの霜（1803）
ichininmae / na mo aomikeri / kesa no shimo

譯註：「一人前」（ichininmae），一人份；「けさ」（今朝：kesa），今天早晨。

098
>一鍋
>一柳
>也春天

☆なべ一ツ柳一本も是も春（1804）
nabe hitotsu / yanagi ippon mo / kore mo haru
譯註：原詩可作「鍋一ツ／柳一本も／是も春」。

099
>在春天
>有水的地方
>就有暮色流連

☆春の日や水さへあれば暮残り（1804）
haru no hi ya / mizu sae areba / kurenokori
譯註：「さへ」（さえ：sae），只要……（就）；「あれば」（有あれ：areba），有。

100

獲准抄小徑
穿過寺廟──
啊,一隻春蝶!

☆通り抜ゆるす寺也春のてふ(1804)

tōrinuke / yurusu tera nari / haru no chō

譯註:「通り抜」(通り抜け:tōrinuke),抄小徑穿過去;「ゆるす」(許す:yurusu),允許、准許;「てふ」(蝶:chō),蝴蝶。

101

蟾蜍,被
桃花香氣所誘,
大搖大擺爬出來

☆福蟾ものさばり出たり桃の花(1804)

fukubiki mo / nosabari detari / momo no hana

譯註:「のさばり」(nosabari),肆無忌憚、恣意妄為。

102

　　小麻雀
　　對著一樹梅花張嘴
　　唸經哉

☆雀子も梅に口明く念仏哉（1804）

suzumego mo / ume ni kuchi aku / nenbutsu kana

譯註：「明く」（開く：aku），張開。

103

　　梅香誘人──
　　來客無論是誰
　　唯破茶碗招待……

☆梅がかやどなたが来ても欠茶碗（1804）

ume ga ka ya / donata ga kite mo / kake chawan

譯註：「か」（ka），即「香」;「どなた」（何方：donata），無論哪位、任何一位;「欠」（欠け：kake），有缺口的、破的。

104

西瓜已經放了兩天,
更清涼了——
仍沒有人來……

☆冷し瓜二日立てども誰も来ぬ（1804）

hiyashi uri / futsuka tatedo mo / dare mo konu

譯註：「立てど」（tatedo），立於、置於（那裡）；「誰も来ぬ」（dare mo konu），沒有人來之意，「ぬ」（nu）表示否定。

105

高僧在野地裡
大便——
一支陽傘

☆僧正が野糞遊ばす日傘哉（1804）

sōjō ga / noguso asobasu / higasa kana

譯註：此詩將「神聖」的高僧與粗鄙的糞便並列，造成一種矛盾、怪異、快意的調和，真是「道在屎溺」！日本小說家永井荷風說西方文學自希臘、羅馬以降，雖然甚猛，但少見像一茶這樣，能將「放屁、小便、野糞」等身體垢膩大膽詩意化的。「遊ばす」（asobasu）是「する」（為る：suru）一詞的尊敬語，為、做（某事），排放（大便）之意。

106

　　我這顆星，
　　在上總上空
　　徘徊潛行……

☆我星は上総の空をうろつくか（1804）

waga hoshi wa / kazusa no sora o / urotsuku ka

譯註：1804年7月一茶又有上總富津行，準備再訪孀居的織本花嬌，於七夕寫成此詩。論者以為一茶秘戀、思慕著的花嬌，是其「永恆的戀人」（關於花嬌，另見本書第202、203首）。「うろつく」（彷徨：urotsuku），彷徨、徘徊。

107

　　雄鹿——當它
　　準備做愛時
　　山雨落下

☆さをしかや恋初めてより山の雨（1804）

saoshika ya / koi somete yori / yama no ame

譯註：「さをしか」（小男鹿：saoshika），雄鹿。

108

啄木鳥也沉浸在
晚霞中——啊,
是紅葉……

☆木啄も日の暮かかる紅葉哉(1804)
kitsutsuki mo / hi no kure kakaru / momiji kana

109

啊,初雪——
牆壁孔眼裡我
見到故鄉

☆初雪や故郷見ゆる壁の穴(1804)
hatsuyuki ya / furusato miyuru / kabe no ana

110
　　冬籠——
　　徹夜
　　山雨聲

☆冬籠其夜に聞くや山の雨（1804）
fuyugomori / sono yo ni kiku ya / yama no ame
譯註：「冬籠」（fuyugomori），冬日積雪閉居屋內。

111
　　一粒炭團，
　　一把小菜——
　　此乃我春天

☆わが春やたどんーツに小菜一把（1805）
waga haru ya / tadon hitotsu ni / ona ichiwa
譯註：原詩可作「我が春や／炭団ーツに／小菜一把」。「炭団」（たどん：tadon），炭團，即煤球。

112

    米袋雖
    空——
    櫻花開哉！

☆米袋空しくなれど桜哉（1805）

komebukuro / munashiku naredo / sakura kana

譯註：「なれど」（naredo），雖……但……。

113

    兩家，三家，四家……
    啊，風箏的
    黃昏！

☆家ニツ三ツ四ツ凧の夕哉（1805）

ie futatsu / mitsu yotsu tako no / yūbe kana

譯註：此詩以數字層遞，描寫風箏之漸飛漸高，有趣又富動感！「凧」（紙鳶：tako），風箏。

114

鼻貼
板壁──
涼哉

☆板塀に鼻のつかへる涼哉（1805）

itabei ni / hana no tsukaeru / suzumi kana

譯註：「板塀」（itabei），板壁、木板圍牆；「つかへる」（付かへる／着かへる：tsukaeru），貼著、觸著之意。

115

朝霞紅通通：
使你心喜嗎，
啊蝸牛？

☆朝やけがよろこばしいかかたつぶり（1805）

asayake ga / yorokobashii ka / katatsuburi

譯註：「朝やけ」（朝焼け：asayake），朝霞；「よろこばしい」（喜ばしい：yorokobashii），心喜之意；「かたつぶり」（katatsuburi），蝸牛。

116

蝸牛想：那蝴蝶
氣喘吁吁急飛過
也太吵了吧

☆蝸牛蝶はいきせきさはぐ也（1805）

katatsuburi / chō wa ikiseki / sawagu nari

譯註：原詩可作「蝸牛／蝶は息急き／騒ぐ也」。「いきせき」（息急き：ikiseki），氣喘吁吁、急急忙忙；「さはぐ」（騒ぐ：sawagu），吵嚷、喧鬧、騷動。

117

啄木鳥
紋風不動工作──
直到日落

☆木つつきや一ツ所に日の暮るる（1805）

kitsutsuki ya / hitotsu tokoro ni / hi no kururu

譯註：「木つつき」（kitsutsuki），即「啄木鳥」；「一ツ所」（hitotsu tokoro），同一地方之意。

118

潺潺小川
涼清酒……
啊，木槿花

☆酒冷すちょろちょろ川の槿哉（1805）

sake hiyasu / chorochoro kawa no / mukuge kana

譯註：「ちょろちょろ」（chorochoro），潺潺流動之意，擬聲詞。此處中譯第二行「涼」字，應為動詞。

119

在這裡，
我在這裡——
雪落著

☆只居れば居るとて雪の降にけり（1805）

tada oreba / oru tote yuki no / furinikeri

譯註：「居る」（oru），在、居住；「降りにけり」（furinikeri），落下。一茶生長在日本少有的豪雪地帶信濃柏原。他在，雪就在。

120

　　春霜：
　　孤寂的牽牛花只剩
　　兩葉

☆二葉から朝顔淋し春の霜（1806）
futaba kara / asagao sabishi / haru no shimo
譯註：「淋し」（寂し：sabishi），寂寞、孤獨。

121

　　梅花燦開——
　　即便樹下的草
　　聞起來也是香的

☆下草も香に匂ひけり梅の花（1806）
shitagusa mo / ka ni nioikeri / ume no hana
譯註：「下草」（shitagusa），樹下的草。

122
  故鄉哪──
  牛眠,
  山茶花映眼

☆古鄉は牛も寝て見る椿哉（1806）

furusato wa / ushi mo nete miru / tsubaki kana

譯註:「椿」（tsubaki），山茶花。

123
  顆顆
  露珠裡,都有
  故鄉

☆露の玉一ツーツに古鄉あり（1806）

tsuyu no tama / hitotsuhitotsu ni / furusato ari

譯註:「あり」（有り：ari），有、在。

124

　　冬日
　　幽居三個月——如同
　　暮年

☆冬三月こもるといふも齢哉（1806）

fuyu mi tsuki / komoru to iu mo / yowai kana

譯註：一茶的家鄉柏原，冬季大雪，一年有三個月進入閉居、幽居的「冬籠」期。「こもる」（籠る：komoru），閉門幽居之意；「齢」（yowai），年紀大、老年（人）。

125

　　在我的影子
　　旁邊：
　　蛙影

☆影ぼふし我にとなりし蛙哉（1807）

kagebōshi / ware ni tonarishi / kawazu kana

譯註：「影ぼふし」（影法師：kagebōshi），影子；「となりし」（隣し：tonarrishi），旁邊。

126

今天,今天——
風箏又被
樸子樹纏住了!

☆けふもけふも凧引かかる榎哉(1807)

kyō mo kyō mo / tako hikkakaru / enoki kana

譯註:「けふ」(kyō),即「今日」;「引かかる」(引っかかる:hikkakaru),纏住之意;「榎」(enoki),朴樹、樸子樹。

127

清晨的天空顏色
已經換穿
夏天的衣服

☆曙の空色衣かへにけり(1807)

akebono no / sorairo koromo / kaenikeri

譯註:「かへにけり」(変えにけり:kaenikeri),變換。此詩季題是夏季的「更衣」(koromogae),故說換穿夏天的衣服。

128

　　三不五時
　　像相撲選手般翻滾過來……
　　一陣松風

☆間々に松風の吹く角力哉（1807）

aiai ni / matsukaze no fuku / sumō kana

譯註：「間々」（aiai），「三不五時」，經常、不時之意。

129

　　我不在時，
　　蝸牛啊，你和
　　黃鶯代管

☆鶯と留主をしておれ蝸牛（1807）

uguisu to / rusu o shite ore / katatsumuri

譯註：「留主」（留守：rusu），指外出、不在家，或看家、看門者；「おれ」（俺：ore），俺、我。

130

一葉——對黃鶯，
就是一頂斗笠：
啊，紅葉

☆鶯に一葉かぶさる紅葉哉（1807）

uguisu ni / ichiyō kabusaru / momiji kana

譯註：「かぶさる」（被さる：kabusaru），蒙上、蓋上。此詩的中譯取法於芭蕉1689年此首俳句「黃鶯的斗笠／落下來了——啊，／是一朵茶花！」（鶯の笠落したる椿かな）。

131

傭人放假不在的
日子：不能把
白髮隱藏起來……

☆やぶ入のかくしかねたる白髮哉（1808）

yabuiri no / kakushi kanetaru / shiraga kana

譯註：「やぶ入」（藪入：yabuiri），正月或盂蘭盆節，傭人請假回家的日子。「かくし」（隱し：kakushi），隱藏；「かねたる」（kanetaru），不能之意。

132

　　佛陀的目光也朝
　　這裡投過來——
　　　啊，櫻花

☆御仏もこち向給ふ桜哉（1808）

mihotoke mo / kochi muki tamau / sakura kana

譯註：「こち」（kochi），即「此方」；「向」（向き：muki），朝向。

133

　　貓頭鷹那一副
　　行家鑑別的表情——
　　　啊，梅花

☆梟の分別顔や梅の花（1808）

fukurō no / funbetsu kao ya / ume no hana

譯註：「分別」（funbetsu），辨別、見識、判斷力；「顏」（kao），臉、表情。

134

八月十五的月
同樣照著
我的破爛房子

☆名月の御覧の通り屑家也（1808）

meigetsu no / goran no tōri / kuzuya nari

譯註：「名月」（meigetsu），中秋明月；「通り」（tōri），同樣、照樣；「屑家」（kuzuya），破房子。一茶曾為此詩作「俳畫」。

135

元旦日──
不只我是
無巢之鳥

☆元日や我のみならぬ巣なし鳥（1809）

ganjitsu ya / ware nominaranu / su nashi tori

譯註：文化6年（1809）元旦日之夜，江戶佐內町大火，許多人無家可歸，一如常年浪居在外的一茶。「のみならぬ」（nominaranu），不僅、不只；「なし」（無し：nashi），無。

136

 蝴蝶飛閃而過，
 彷彿對此世無
 任何企望……

☆蝶とぶや此世に望みないやうに（1809）

chō tobu ya / konoyo ni nozomi / nai yō ni

譯註：原詩可作「蝶飛ぶや／此世に望み／無い様に」。「やう」（よう／様：yō），樣子。

137

 桃花盛開——
 寺裡的貓
 不急著去幽會

☆桃咲や御寺の猫の遅れ恋（1809）

momo saku ya / mitera no neko no / okuregoi

138

　　梅花的香氣──
　　春天是件
　　夜晚的事

☆梅が香やそもそも春は夜の事（1809）

ume ga ka ya / somosomo haru wa / yoru no koto

譯註：「そもそも」（somosomo），說起來、原來。

139

　　單純地信賴地
　　飄然落下，花啊
　　就像花一般……

☆ただ頼め花ははらはらあの通（1809）

tada tanome / hana wa harahara / ano tōri

譯註：「ただ」（只／唯：tada），專心、唯、單單；「はらはら」（harahara），靜靜連續落下貌；「あの通」（彼の通り：ano tōri），像那樣之意。

140

　　雨三滴——
　　啊，三、四隻
　　螢火蟲……

☆雨三粒蛍も三ツ四ツかな（1809）
ame mitsubu / hotaru mo mitsu / yotsu kana

141

　　下一夜下下一夜……
　　同樣是一個人在
　　蚊帳內

☆翌も翌も同じ夕か独蚊屋（1809）
asu mo asu mo / onaji yūbe ya / hitori kaya

譯註：「蚊屋」（kaya），蚊帳。

142

蟬啊，你聽起來
似乎在想念
想念你媽媽……

☆母恋し恋しと蝉も聞ゆらん（1809）

haha koishi / koishi to semi mo / kikoyaran

譯註：「聞ゆらん」（kikoyaran），聽起來似乎是之意。

143

蜂兒們嗡嗡
嗡嗡地說：瓜啊，
快長快長快長大……

☆瓜になれなれなれとや蜂さわぐ（1809）

uri ni nare / nare nare to ya / hachi sawagu

譯註：「なれ」（成れ／生れ：nare），成形、結果；「さはぐ」（騒ぐ：sawagu），喧鬧、騷動。

144

夜蟬鳴叫——
湖那方
突然亮起來

☆日ぐらしや急に明るき湖の方（1809）

higurashi ya / kyū ni akaruki / umi no kata

譯註：「日ぐらし」（日暮／蜩：higurashi），中文稱「夜蟬」，蟬的一種；「急」（きゅう：kyū），突然、忽然。

145

天將明，
無家的貓也
鳴叫求愛

☆有明や家なし猫も恋を鳴（1809）

ariake ya / ie nashi neko mo / koi o naku

譯註：「有明」（ariake），尚有殘月的黎明，拂曉；「なし」（無し：nashi），無。

146

  元旦日：一文錢的
  風箏，照樣
  可以遨遊江戶天空

☆朔日や一文凧も江戸の空（1810）

tsuitachi ya / ichi mondako mo / edo no sora

譯註：「朔日」（tsuitachi），每月初一，此詩季題為「新年」，故譯為「元旦日」；「凧」（tako），風箏。

147

  笛音小試：
  整個田野都
  綠起來了……

☆けいこ笛田はことごとく青みけり（1810）

keiko fue / ta wa kotogotoku / aomikeri

譯註：「けいこ」（稽古：keiko），練習、試奏；「ことごとく」（悉く／尽く：kotogotoku），全都、全部；「青みけり」（aomikeri），變青、變綠。

148

　　雪融了：今夜——
　　胖嘟嘟，圓嘟嘟的
　　月亮

☆雪解けてくりくりしたる月夜哉（1810）

yukitokete / kurikuri shitaru / tsukiyo kana

譯註：一茶在此詩中，用相當生動的擬態詞「くりくり」（kurikuri，有胖嘟嘟、圓嘟嘟，以及靈活圓轉之意），形容雪融後出現的月亮。原詩或亦可譯成「雪融了：今夜——／圓嘟嘟、水靈靈的／月亮」。

149

　　蝴蝶飄飛而過——
　　啊，我身亦
　　塵土矣

☆蝶とんで我身も塵のたぐひ哉（1810）

chō tonde / waga mi mo chiri no / tagui kana

譯註：「とんで」（飛んで：tonde），飛過；「たぐひ」（類ひ：tagui），類似。

150

　　隨散落水面的
　　櫻花的拍子猛衝吧——
　　小香魚！

☆花の散る拍子に急ぐ小鮎哉（1810）

hana no chiru / hyōshi ni isogu / koayu kana

譯註：「急ぐ」（isogu），趕緊、加快之意；「小鮎」（koayu），小香魚。

151

　　真不可思議啊！
　　像這樣，活著——
　　在櫻花樹下

☆斯う活て居るも不思儀ぞ花の陰（1810）

kō ikite / iru mo fushigi zo / hana no kage

譯註：「居る」（iru），在；「花の陰」（hana no kage），櫻花樹的樹蔭下。

152

　　櫻花樹盛開——
　　慾望彌漫
　　浮世各角落

☆花咲や欲のうきよの片すみに（1810）

hana saku ya / yoku no ukiyo no / katasumi ni

譯註：原詩可作「花咲や／欲の浮世の／片隅に」。「片すみ」（片隅；katasumi），一隅、角落。

153

　　傍晚的櫻花——
　　今天也已
　　成往事

☆夕ざくらけふも昔に成にけり（1810）

yūzakura / kyō mo mukashi ni / narinikeri

譯註：「夕ざくら」（yūzakura），即「夕桜」;「けふ」（kyō），即「今日」。

154

　　山裡人——
　　在他袖子深處，
　　蟬的叫聲

☆山人や袂の中の蝉の声（1810）

yamaudo ya / tamoto no naka no / semi no koe

155

　　故鄉，像帶刺的
　　玫瑰——愈近它
　　愈刺你啊

☆古郷やよるも障も茨の花（1810）

furusato ya / yoru mo sawaru mo / bara no hana

譯註：「よる」（寄る：yoru），靠近、挨近；「障る」（sawaru），阻礙、觸犯、刺痛；「茨」（bara），（花的）刺。

156

　　露珠的世界：
　　然而在露珠裡──
　　爭吵

☆露の世の露の中にてけんくわ哉（1810）

tsuyu no yo no / tsuyu no naka nite / kenka kana

譯註：「けんくわ」（喧嘩／けんか：kenka），喧嚷、爭吵。

157

　　隨露水滴落，
　　輕輕柔柔，
　　鴿子在唸經哉

☆露ほろりほろりと鳩の念仏哉（1810）

tsuyu horori / horori to hato no / nebutsu kana

譯註：「ほろり」（horori），兼有「滴落貌」與「輕柔」之意；「鳩」（hato），即鴿子。

158

　　鄰居是不是拿著

　　年糕，要來

　　我家了？

☆我宿へ来さうにしたり配り餅（1810）

waga yado e / kisō ni shitari / kubari mochi

譯註：貧困的一茶時有斷炊之虞，歲末在家中殷殷期盼鄰居敲門送年糕來。「したり」（shitari），表示期待某事完成之詞；「配り」（kubari），分送；「餅」（mochi），年糕。

159

　　秋風──

　　啊，昔日

　　他亦是個美少年……

☆秋風やあれも昔の美少年（1810）

akikaze ya / are mo mukashi no / bishonen

譯註：「あれ」（彼：are），他。

160

　　下雪的夜晚：路邊
　　賣麵的小販——
　　僵冷得貌似七十歲

☆雪ちるや七十顔の夜そば売（1810）
yuki chiru ya / shichijū kao no / yosobauri

譯註：「ちる」（散る：chiru），落；「夜そば売」（夜蕎麦売：yosobauri），夜間路邊賣蕎麥麵的小販。一茶的俳句中許多都是直視生活、直視人生之作，農村出身的他也寫了頗多動人的都市詩，呈現都市底層或邊緣者的生活，此首與下兩首即為佳例。

161

　　雪珠輝耀——
　　夜鷹般的暗娼似乎
　　回月亮去了

☆玉霰夜たかは月に帰るめり（1810）
tamaarare / yotaka wa tsuki ni / kaerumeri

譯註：「玉霰」（tamaarare），「雪珠」的美稱；「夜たか」（yotaka），即「夜鷹」，江戶時代為野妓、暗娼之稱。此詩畫面頗「超現實」。

162

歲末大掃除——被稱為
「見世女郎」的賣春女
沒見識過火的暖和之氣⋯⋯

☆煤はきや火のけも見へぬ見世女郎（1810）

susuhaki ya / hinoke mo mienu / misejorō

譯註：「煤はき」（煤掃き：susuhaki），歲末大掃除；「火のけ」（火の気：hinoke），指火的暖氣、火的暖和之氣（約當於今日的「暖氣」）；「見世女郎」（misejorō），指下級的遊女（賣春女）。

163

梅花燦開——
我的春天
上上吉！

☆我春も上々吉よ梅の花（1811）

waga haru mo / jōjōkichi yo / ume no hana

譯註：「上々吉」（jōjōkichi），大大好、大吉大利。一茶另有一首年代不明的類似句「元旦日——／淡藍天空，／啊，上上吉！」（元日や上々吉の浅黄空：ganjitsu ya / jōjōkichi no / asagizora）——「浅黄」即「浅葱」，淡藍色之意。

164

　　春雨，
　　大呵欠——
　　美女的臉上

☆春雨に大欠する美人哉（1811）

harusame ni / ōakubi suru / bijin kana

譯註：「大欠」（大欠伸：ōakubi），大呵欠。

165

　　杜鵑鳥啊，
　　唐土的夜色也
　　這般美嗎？

☆こんな夜は唐にもあろか時鳥（1811）

konna yo wa / kara nimo aro ka / hototogisu

譯註：「こんな」（konna），如此；「唐」（kara），唐土、中國；「にも」（nimo），「也」之意；「時鳥」即杜鵑鳥、布穀鳥。此詩也可譯成「唐土也有／布穀鳥鳴的／如此良夜嗎？」。

166

　　嘩啦嘩啦
　　踏亂一地白露——
　　一隻烏鴉

☆白露にざぶとふみ込む烏哉（1811）

shiratsuyu ni / zabu to fumikon / karasu kana

譯註：「ざぶ」（zabu），即「ざぶざぶ」（zabuzabu），嘩啦嘩啦，水濺起的聲音；「ふみ込む」（踏み込む：fumikon），踏進、闖入。

167

　　孩子們——
　　那紅月亮是你們
　　誰家的？

☆赤い月是は誰のじゃ子ども達（1811）

akai tsuki / kore wa dare no ja / kodomodachi

譯註：「子ども達」（子供達：kodomodachi），孩子們。

168

如此親密無間──
來世當做
原野上之蝶！

☆むつまじや生れかはらばのべの蝶（1811）

mutsumaji ya / umare kawaraba / nobe no chō

譯註：「むつまじ」（睦まじ：mutsumaji），親密；「かはらば」（変はらば：kawaraba），變成；「のべ」（野辺：nobe），原野。

169

在我的酒杯裡──
跳蚤游啊游，
游啊游……

☆盃に蚤およぐぞよおよぐぞよ（1811）

sakazuki ni / nomi oyogu zo yo / oyogu zo yo

譯註：「およぐ」（泳ぐ：oyogu），游泳。

170

  露珠的世界中
  露珠的鳴唱：
  夏蟬

☆露の世の露を鳴也夏の蟬（1811）

tsuyu no yo / no tsuyu o naku nari / natsu no semi

譯註：此詩為頗幽微、動人的時空三重奏：短暫如露珠的塵世裡，短暫如轉瞬即逝的露珠之歌的夏蟬的鳴叫，夾縫中及時為「樂」的間奏曲……

171

  秋夜：
  紙門上一個小洞幽幽
  吹笛

☆秋の夜や窓の小穴が笛を吹（1811）

aki no yo ya / mado no koana ga / fue o fuku

172

 秋風：
 一茶
 騷動的心思

☆秋の風一茶心に思ふやう（1811）

aki no kaze / issa ro ni / omou yō

173

 菊——花開，
 與我同為
 偽隱者

☆菊さくや我に等しき似せ隱者（1811）

kiku saku ya / ware ni hitoshiki / nise inja

譯註：「さく」（咲く：saku），（花）開；「似せ」（偽：nise），偽、假。陶淵明說「菊，花之隱逸者也」，但一茶在此詩裡調侃地說，菊（也不免燦開、引人注意）和一茶自己都是假的隱者，因為要成為真正的隱士非容易之事啊！

174

　　活下來
　　活下來——
　　何其冷啊

☆生残り生残りたる寒さかな（1811）
ikinokori / ikinokoritaru / samusa kana

175

　　四十九年浪蕩
　　荒蕪——
　　月與花

☆月花や四十九年のむだ歩き（1811）
tsuki hana ya / shijūkunen no / muda aruki

譯註：此詩為一茶四十九歲時之作。「むだ」（無駄：muda），徒勞、無用、浪費；「歩き」（aruki），四處遊蕩之意。

176

　　春日遲遲──
　　池中龜或在吃東西
　　或沒在吃

☆永の日を喰やくわずや池の亀（1812）

nagano hi o / kū ya kuwazu ya / ike no kame

譯註：「喰」（喰う：kū），吃；「くわず」（喰わず：kuwazu），「沒在吃」之意。此詩以頗搞笑的單調、非詩意的句子，寫漫長春日，池中龜之單調、無聊。

177

　　它們也許在閒聊
　　迷霧的日子──
　　田野上的馬群

☆かすむ日の咄するやらのべの馬（1812）

kasumu hi no / hanashi suru yara / nobe no uma

譯註：「かすむ」（霞む：kasumu），霧靄籠罩；「咄」（話：hanashi），說話、閒聊；「のべ」（野辺：nobe），原野。

178

小巷盡頭
藏著一座海——
雲雀爭鳴

☆細ろ次のおくは海也なく雲雀（1812）

hosoroji no / oku wa umi nari / naku hibari

譯註：「細ろ次」（ほそろじ／細路地：hosoroji），小巷；「おく」（奥：oku），盡頭、深處；「なく」（鳴く：naku），鳴叫。

六道之一〈地獄〉

179

傍晚的月亮——
田螺在鍋子裡
哀鳴

☆夕月や鍋の中にて鳴田螺（1812）

yūzuki ya / nabe no naka nite / naku tanishi

六道之二〈餓鬼〉
180

　　花朵四散——
　　我們渴求的水
　　在霧中的遠方

☆花散や呑たき水を遠霞（1812）
hana chiru ya / nomitaki mizu o / tōgasumi

六道之三〈畜生〉
181

　　花朵遍撒……
　　彼等依然目中無「佛」，
　　無「法」

☆散花に仏とも法ともしらぬかな（1812）
chiru hana ni / butsu tomo hō tomo / shiranu kana

譯註：「知らぬ」（shiranu），意即「不知」。

六道之四〈修羅〉

182

花影下
賭徒的聲音
激烈交鋒……

☆声々に花の木陰のばくち哉（1812）

koegoe ni / hana no kokage no / bakuchi kana

譯註：「修羅」，佛教中名為「阿修羅」之好鬥之鬼神；「ばくち」（博奕：bakuchi），賭博。

六道之五〈人間〉

183

在繁花間
蠕動難安的
我等眾生啊……

☆さく花の中にうごめく衆生哉（1812）

saku hana no / naka ni ugomeku / shujō kana

譯註：「さく」（咲く：saku），（花）開放；「うごめく」（蠢く：ugomeku），蠢動、蠕動。

六道之六〈天上〉

184

陰霾的日子——
連神也覺得
寂寞無聊……

☆かすむ日やさぞ天人の御退屈（1812）

kasumu hi ya / sazo tennin no / gotaikutsu

譯註：此詩甚有趣，非常神氣的天界的居民（天人），天氣不好時也會生氣而不太神氣。「かすむ」（霞む：kasumu），霧靄籠罩；「さぞ」（sazo），想必、諒必；「御退屈」（gotaikutsu），無聊、寂寞，「御」（go）為尊敬語；「天人」（tennin），天仙、神。

185

山裡人
以鋤為枕——
雲雀高鳴

☆山人は鍬を枕や鳴雲雀（1812）

yamabito wa / kuwa o makura ya / naku hibari

譯註：「鍬」（くわ：kuwa），鎬形鋤頭。

186

金色棣棠花
可敬的盟友——
青蛙

☆山吹の御味方申す蛙かな（1812）

yamabuki no / omikata mōsu / kawazu kana

譯註:「山吹」(yamabuki)，棣棠花;「御味方」(omikata)，伙伴、盟友,「御」(o) 表示尊敬。

187

此世，如
行在地獄之上
凝視繁花

☆世の中は地獄の上の花見哉（1812）

yononaka wa / jigoku no ue no / hanami kana

188

　　嘎喳嘎喳咬食著
　　粽子的──
　　是個美人！

☆がさがさと粽をかぢる美人哉（1812）
gasagasa to / chimaki o kajiru / bijin kana

譯註：「がさがさ」（gasagasa），發出嘎喳嘎喳聲；「かぢる」（齧る：kajiru），咬食。芭蕉1691年有一首詩「包著粽子／她用一隻手，把瀏海／撥到耳後」（粽結ふ片手にはさむ額髮），動人地捕捉了一個勞動女子隱藏的魅力與優雅，在平凡、日常中看見非凡與美。相對地，一茶此詩從美人身上曝現「俗」。

189

涼風加
明月,
五文錢哉!

☆涼風に月をも添て五文哉(1812)

suzukaze ni / tsuki o mo soete / gomon kana

譯註:此詩所寫乃在京都加茂川的四條河原納涼的情景。李白的〈襄陽歌〉說「清風朗月不用一錢買」,但窮兮兮的一茶卻無法這麼浪漫,在河灘上租個床位納涼,要收五文錢呢!涼風五文錢,月色就當是免費附送了⋯⋯。一茶1817年另有一首「五文錢」俳句——「茶資/五文錢——附送/黃鶯鳴⋯⋯」(鶯も添て五文の茶代哉:uguisu mo / soete gomon no / chadai kana)。

190

　　歸去來兮，
　　江戶乘涼
　　不易啊！

☆いざいなん江戸は涼みもむつかしき（1812）

izainan / edo wa suzumi mo / mutsukashiki

譯註：1812 年，五十歲的一茶決意結束三十餘年漂泊生活回故鄉柏原永住。此詩為返鄉前留戀、告別江戶（今東京）之作。「いざいなん」（帰去来：izainan），「歸去來兮」之意；「むつかしき」（難しき：mutsukashiki），困難、不易。

191

　　江戶的夜晚，
　　似乎
　　特別地短……

☆江戸の夜は別にみじかく思ふ也（1812）

edo no yo wa / betsu ni mijikaku / omou nari

譯註：此詩亦為返鄉定居前告別江戶之作。「江戶更顯迷人，在離別的時分……」。「みじかく」（短く：mijikaku），短暫之意。

192

　　苔清水——
　　鴿子啊來喝，麻雀啊
　　你們也來喝……

☆苔清水さあ鳩も来よ雀来よ（1812）
kokeshimizu / sā hato mo ko yo / suzume ko yo

譯註：「苔清水」（kokeshimizu），從岩間滴落，流過苔上的清水，特指著名詩人西行法師草庵遺址附近之泉水，芭蕉《野曝紀行》中訪西行遺址時有詩「願以滴答如露墜／岩間清水，／洗淨浮世千萬塵」（露とくとく試みに浮世すすがばや）。「鳩」（hato），即鴿子。

193

　　弦月彎彎
　　——與杜鵑鳥
　　相應和鳴

☆三日月とそりがあふやら時鳥（1812）
mikazuki to / sori ga au yara / hototogisu

譯註：此詩頗幽微，陰曆初三前後的新月（「三日月」：mikazuki）彷彿有弦，與杜鵑的叫聲諧和地交鳴。「そり」（sori），彎曲；「あふ」（合ふ：au），諧和、相配。

194
　　秧雞啼叫──
　　雲朵隨其節奏
　　快速前進

☆水鶏なく拍子に雲が急ぐぞよ（1812）
kuina naku / hyōshi ni kumo ga / isogu zo yo
譯註：「水鶏」(kuina)，水雞、秧雞；「なく」(鳴く：naku)，鳴叫。

195
　　何事
　　如此傷神費神啊，
　　蝸牛？

☆何事の一分別ぞ蝸牛（1812）
nanigoto no / hitofunbetsu zo / katatsumuri
譯註：「一分別」(hitofunbetsu)，沉思、一直在想之意。

196

被江戶的居民
當寵物養——
啊,螢火蟲

☆江戶者にかはいがらるる螢かな(1812)

edo mono ni / kawaigararuru / hotaru kana

譯註:「かはいがらるる」(可愛がらるる:kawaigararuru),被喜愛、受寵愛。

197

天將亮未亮
淺見山的霧已
爬上桌,上餐

☆有明や浅間の霧が膳を這ふ(1812)

ariake ya / asama no kiri ga / zen o hau

譯註:「有明」(ariake),尚有殘月的黎明;「膳」(zen),食案、飯桌;「這ふ」(hau),爬。

198

飛雁們
咕噥咕噥地,
聊我的是非嗎?

☆雁わやわやおれが噂を致す哉(1812)

kari wayawaya / ore ga uwasa o / itasu kana

譯註:「わやわや」(wayawaya),吵吵嚷嚷;「おれ」(俺:ore),我;「噂」(uwasa),閒話、談論。

199

露珠的世界:
大大小小粉紅
石竹花上的露珠!

☆露の世や露のなでしこ小なでしこ(1812)

tsuyu no yo ya / tsuyu no nadeshiko / konadeshiko

譯註:原詩可作「露の世や/露の撫子/小撫子」。「なでしこ」(撫子:nadeshiko),撫子花,日本「秋之七草」之一,中文稱瞿麥或石竹花。

200

  一片桐葉，

  啊，兩片、三片、四片……

  熙熙攘攘真忙啊

☆きり一葉二は三は四はせはしなや（1812）

kiri hitoha / futaha miha yoha / sewashina ya

譯註：原詩可作「桐一葉／二葉三葉四葉／忙しなや」。「きり」（桐：kiri），梧桐；「は」（ha），即「葉」；「せはしな」（忙しな：sewashina），忙碌、匆忙。

201

  五寸釘──

  松樹撲簌撲簌

  落淚

☆五寸釘松もほろほろ涙哉（1812）

gosun kugi / matsu mo horohoro / namida kana

譯註：「ほろほろ」（horohoro），撲簌撲簌落下貌，日語的擬態詞。

202

　　我死去的母親——
　　每一次我看到海
　　每一次我⋯⋯

☆亡き母や海見る度に見るたびに（1812）

naki haha ya / umi miru tabi ni / miru tabi ni

譯註：一茶三歲喪母，一生對母親甚為懷念。文化9年（1812年）4月，受家屬邀，一茶出席俳句女詩人花嬌逝世滿兩年忌（日語「三回忌」），在搭船前往富津的途中寫下此俳句：看到海，就想到他所愛的母親——他或將生前與其頗親近的花嬌的影像與自己的母親融在一起。「たび」（度：tabi），每次、每回。

203

　　她醒來，美麗

　　如牡丹與芍藥般——

　　一如往昔……

☆目覚しのぼたん芍薬でありしよな（1812）

mezamashi no / botan shakuyaku de / arishi yona

譯註：1812年4月花嬌滿兩年忌上，一茶寫了此首追念伊人的俳句——死去的花嬌，如眼前美麗的牡丹、芍藥般，再現於一茶心中——對於戀慕她的一茶，甚至人比花更嬌呢。花嬌於1810年去世。一茶於1814年第一次結婚。「目覚し」（mezamashi），醒來；「ぼたん」（botan），即「牡丹」；「ありし」（arish），昔日；「よな」（yona），句末表示感動或詠嘆之詞。

204

　　尚未成佛——

　　這棵懶散

　　悠哉的老松……

☆仏ともならでうかうか老の松（1812）

hotoke tomo / narade ukauka / oi no matsu

譯註：「うかうか」（ukauka），悠悠忽忽、漫不經心、悠閒懶散。

205

　　流浪貓
　　把佛陀的膝頭
　　當枕頭

☆のら猫が仏のひざを枕哉（1812）

noraneko ga / hotoke no hiza o / makura kana

譯註：「のら貓」（野良貓：noraneko），野貓、流浪貓；「ひざ」（hiza），即「膝」。

206

　　初雪——
　　米袋上
　　一盞小燈籠

☆はつ雪や俵のうへの小行灯（1812）

hatsuyuki ya / tawara no ue no / koandon

譯註：「はつ雪」（hatsuyuki），即「初雪」；「俵」（towara），草袋、米袋；「うえ」（上：ue），上、上面；「小行灯」（koandon），小燈籠。

207

　　這是我
　　終老埋身之所嗎——
　　雪五尺

☆是がまあつひの栖か雪五尺（1812）

kore ga mā / tsui no sumika ka / yuki goshaku

譯註：1812年11月，在外漂泊三十餘年的一茶終於返鄉定居，寫此俳句，顯示回歸鄉土柏原之決心。「つひ」（終：tsui），最終的；「栖」（sumika），住處、巢穴、家。

208

　　沾了一身的油菜花
　　回來——
　　啊，貓的戀愛

☆なの花にまぶれて来たり猫の恋（1813）

na no hana ni / maburete kitari / neko no koi

譯註：「な」（菜：na），油菜花；「まぶれて」（塗れて：maburete），沾滿全身。

209

　　唱吧，唱吧，
　　雖然是走音的金嗓——
　　你是我的黃鶯哪……

☆鳴けよ鳴けよ下手でもおれが鶯ぞ（1813）

nake yo nake yo / heta demo ore ga / uguisu zo

譯註：「下手」（heta），笨拙、不高明；「でも」（demo），但是；「おれ」（俺：ore），我。

210

　　尊貴的武士們——
　　他們也聽命於
　　黃鶯

☆武士や鶯に迄つかはるる（1813）

samurai ya / uguisu ni made / tsukawaruru

譯註：「つかはるる」（使はるる：tsukawaruru），被使用、受操縱、聽命。武士威武尊貴，地位甚高，但一旦養了隻黃鶯，以之為寵物，就要低聲下氣、處處遷就之了！

211

　　悠然
　　見南山者，
　　是蛙喲

☆ゆうぜんとして山を見る蛙哉（1813）

yūzen to shite / yama o miru / kawazu kana

譯註：此詩為陶淵明名句「採菊東籬下，悠然見南山」的詼諧變奏。「ゆうぜん」（yūzen），即「悠然」。

212

　　以我的手臂為枕——
　　蝴蝶每日
　　前來造訪

☆手枕や蝶は毎日来てくれる（1813）

temakura ya / chō wa mainichi / kite kureru

213

月啊,梅啊,
醋啊,蒟蒻啊——
一天又過去了

☆月よ梅よ酢のこんにゃくのとけふも過ぬ(1813)
tsuki yo ume yo / su no konnyaku no to / kyō mo suginu

譯註:原詩可作「月よ梅よ/酢の蒟蒻のと/今日も過ぬ」。「酢」(su),醋;「こんにゃく」(konnyaku),即「蒟蒻」。一茶在這首詩裡,詼諧地挪用了日本俗語「酢の蒟蒻の」(sunokonnyakuno,意為「這呀那呀」或「抱怨這抱怨那」),將此「俗」與月、梅之「雅」並置,速寫了「日常的」一日。

214

涼風一吹
到我身——啊,
我在我家

☆一吹の風も身になる我家哉(1813)
hito fuki no / kaze mo mi ni naru / wagaya kana

215

　　一無所有
　　但覺心安──
　　涼快哉

☆何もないが心安さよ涼しさよ（1813）

nanimonai ga / royasusa yo / suzushisa yo

譯註：「何もない」（何も無い：nanimonai），全無、全都沒有。

216

　　躺著
　　像一個「大」字，
　　涼爽但寂寞啊

☆大の字に寝て涼しさよ淋しさよ（1813）

dai no ji ni / nete suzushisa yo / sabishisa yo

譯註：一茶於1812年11月返鄉定居，1814年4月始結婚。寫此詩時，一茶五十一歲，仍單身一人，「大」器無用。「淋しさ」（寂しさ：sabishisa），寂寞、孤獨。

217

　　下下又下下，
　　下又下之下國——
　　涼快無上啊！

☆下下も下下下下の下国の涼しさよ（1813）

gege mo gege / gege no gekoku no / suzushisa yo

譯註：此詩為一茶的奇詩、妙詩，連用了七個「下」（ge）字，描寫他在偏遠信濃國鄉下地方，一個人泡湯時的無上涼快（此俳句前書「奧信濃に湯浴みして」：在奧信濃〔今長野縣北信地方北部〕泡湯）。

218

　　黃昏木魚響：
　　我的那一份稻田
　　也綠起來了

☆一人前田も青ませて夕木魚（1813）

hitorimae / ta mo aomasete / yū mokugyo

譯註：「一人前」（hitorimae），一人份；「青ませて」（aomasete），變青、變綠了。

219

　　晾曬寢具
　　防生蟲──蒲團上
　　一隻蟋蟀

☆虫干やふとんの上のきりぎりす（1813）

mushiboshi ya / futon no ue no / kirigirisu

譯註：「虫干」（mushiboshi），晾曬衣服、寢具、家具等物品以防止生蟲、發黴；「ふとん」（蒲団：futon），即蒲團，指坐墊或被子──似乎已長期成為一茶家中蟋蟀（きりぎりす：kirigirisu）的寢具。

220

　　高舉涼粉入口──
　　涼如
　　一尺長的瀑布……

☆一尺の滝も涼しや心太（1813）

isshaku no / taki mo suzushi ya / tokoroten

譯註：「滝」（taki），瀑布；「心太」（tokoroten），涼粉。

221

　　前世我也許是
　　你的表兄弟──
　　啊布穀鳥

☆前の世のおれがいとこか閑古鳥（1813）

mae no yo no / ore ga itoko ka / kankodori

譯註：「おれ」（俺：ore），我；「いとこ」（從兄弟：itoko），堂表兄弟；「閑古鳥」（kankodori），即布穀鳥、杜鵑鳥。

222

　　在我家
　　老鼠有
　　螢火蟲作伴

☆我宿や鼠と仲のよい螢（1813）

waga yado ya / nezumi to naka no / yoi hotaru

譯註：「仲」（naka），交情、關係；「よい」（良い：yoi），很好──「仲の良い」即交情很好，是良伴。

223

子孓啊,
你每日要浮浮沉沉
多少回?

☆子子や日にいく度のうきしづみ(1813)

bōfuri ya / hi ni ikutabi no / ukishizumi

譯註:「子孓」(ぼうふり:bōfuri),子孓;「いく度」(幾度:ikutabi),幾度、多少回;「うきしづみ」(浮き沈み:ukishizumi),浮浮沉沉。

224

寒舍的跳蚤
消瘦得這麼快──
我之過也

☆庵の蚤不便やいつか瘦る也(1813)

io no nomi / fubin ya itsuka / yaseru nari

譯註:「不便」(fubin),不方便,招待不周之意;「いつか」(何時か:itsuka),不知什麼時候、不知不覺。此詩可直譯成「招待不周──／寒舍的跳蚤／不知不覺消瘦了⋯⋯」。

225

　　即便是蚤痕，
　　在少女身上
　　也是美的

☆蚤の迹それもわかきはうつくしき（1813）

nomi no ato / soremo wakaki wa / utsukushiki

譯註：「それも」（其れも：soremo），然而、即便如此；「わかき」（若き：wakaki），年輕（女孩）的、少女的；「うつくしき」（美しき：utsukushiki），美麗。

226

　　受蒼蠅和跳蚤
　　藐視欺凌——
　　一天又過去了

☆蚤蠅にあなどられつつけふも暮ぬ（1813）

nomi hae ni / anadoraretsutsu / kyō mo kurenu

譯註：原詩可作「蚤蠅に／侮られつつ／今日も暮ぬ」。「あなどられ」（侮られ：anadorare），受欺侮、受鄙視；「けふ」（kyō），即「今日」；「暮ぬ」（kurenu），天黑、將過去了。

227

　　慌忙逃跑的

　　蠹蟲,包括

　　雙親與孩子⋯⋯

☆逃る也紙魚が中にも親よ子よ（1813）

nigeru nari / shimi ga naka nimo / oya yo ko yo

譯註:「紙魚」(蠹魚:shimi),蠹蟲、蛀蟲。

228

　　夏蟬——

　　即便歡愛中途休息時間

　　也在歌唱

☆夏の蝉恋する隙も鳴にけり（1813）

natsu no semi / koi suru hima mo / nakinikeri

229

　　在傍晚的月下
　　蝸牛
　　袒胸露背……

☆夕月や大肌ぬいでかたつぶり（1813）

yūzuki ya / ōhadanuide / katatsuburi

譯註：「大肌ぬいで」（大肌脱いで：ōhadanuide），脫掉上半身衣服、袒胸露背；「かたつぶり」（katatsuburi），即「蝸牛」。

230

　　小貓，睡在
　　葉子下——瓜分
　　西瓜的甜夢

☆葉がくれの瓜と寝ころぶ子猫哉（1813）

ha ga kure no / uri to nekorobu / koneko kana

譯註：「くれ」（暗：kure），（葉的）陰暗處，葉蔭。

231

　　如果有人來——
　　快偽裝成蛙吧,
　　涼西瓜!

☆人来たら蛙になれよ冷し瓜(1813)

hito kitara / kawazu ni nare yo / hiyashi uri

譯註:「なれ」(成れ:nare),變成。

232

　　死神將我
　　遺留在這裡——
　　秋日黃昏

☆死神により残されて秋の暮(1813)

shinigami ni / yori nokosarete / aki no kure

譯註:「残されて」(nokosarete),遺留、留下。

233

　　長夜漫漫，
　　長夜漫漫……
　　南無阿彌陀佛！

☆長いぞよ夜が長いぞよなむあみだ（1813）

nagai zo yo / yo ga nagai zo yo / namuamida

譯註：「なむあみだ」（南無阿弥陀：namuamida），「南無阿彌陀佛」之略。

234

　　對於虱子，
　　夜一定也非常漫長，
　　非常孤寂

☆虱ども夜永かろうぞ淋しかろ（1813）

shiramidomo / yonaga karō zo / sabishikaro

譯註：「虱ども」（虱共：shiramidomo），虱子們；「夜永」（yonaga），夜漫長；「かろう」（karō），一定、大概，表示推測之詞；「淋しかろ」（寂しかろ：sabishikaro），寂寞、孤獨。

235

　　肚子上
　　練習寫漢字：
　　漫漫長夜

☆腹の上に字を書ならふ夜永哉（1813）

hara no ue ni / ji o kakinarau / yonaga kana

譯註：單身的日本詩人一茶，漫漫長夜裡練習寫筆劃繁多的中國字，以排遣寂寞、去愁入眠。此亦中華文化之功，中日文化交流之重大成就也！

236

　　美哉，紙門破洞，
　　別有洞天
　　看銀河！

☆うつくしや障子の穴の天の川（1813）

utsukushi ya / shōji no ana no / amanogawa

譯註：「うつくし」（美し：utsukushi），美麗；「障子」（shōji），紙拉門。

237
　　小孩大哭——
　　吵著要摘取
　　中秋之月

☆名月を取てくれろと泣く子哉（1813）
meigetsu o / totte kurero to / naku ko kana

譯註：「くれろ」（呉れ：kurero），要求給（他）之意。

238
　　中秋明月——
　　從一家出
　　又從另一家入

☆名月や家より出て家に入（1813）
meigetsu ya / ie yori idete / ie ni iri

譯註：「より」（yori），自、從。

239

　　山村——
　　中秋滿月
　　甚至來到湯碗中

☆山里は汁の中迄名月ぞ（1813）

yamazato wa / shiru no naka made / meigetsu zo

譯註：「汁」（shiru），湯。

240

　　我的手腳
　　細瘦如鐵釘——
　　啊，秋風

☆鉄釘のやうな手足を秋の風（1813）

kanakugi no / yōna teashi o / aki no kaze

譯註：「やうな」（ような／様な：yōna），像……那樣。

241

　　在清晨的
　　露珠中練習
　　謁見淨土……

☆朝露に浄土参りのけいこ哉（1813）

asatsuyu ni / jōdo mairi no / keiko kana

譯註：「参り」（mairi），參拜、謁見；「けいこ」（稽古：keiko），練習。

242

　　無需喊叫，
　　雁啊不管你飛到哪裡，
　　都是同樣的浮世

☆鳴な雁どっこも同じうき世ぞや（1813）

naku na kari / dokko mo onaji / ukiyo zoya

譯註：「な」（na），不要、不須；「どっこも」（dokko mo），即「どこも」（何処も：doko mo），「哪裡都」之意；「うき世」（ukiyo），即「浮世」；「ぞや」（zoya），表示強烈感受之詞。

243

　　菊花開哉——
　　與馬糞山
　　合為一景！

☆菊さくや馬糞山も一けしき（1813）

kiku saku ya / maguso yama mo / hitokeshiki

譯註：原詩可作「菊咲くや／馬糞山も／一景色」。「さく」（咲く：saku），（花）開；「馬糞山」（maguso yama），即堆積如山的馬糞；「けしき」（景色：keshiki），景色、風景。

244

　　以雞冠花為
　　敵對目標——
　　斜落的陣雨

☆目ざす敵は鶏頭よ横時雨（1813）

mezasu kataki wa / keitō yo / yokoshigure

譯註：「目ざす」（mezasu），以……為目標；「鶏頭」（keitō），雞冠花；「横時雨」（yokoshigure），斜落的陣雨。

245

　　雪輕飄飄輕飄飄地
　　飛落——看起來
　　很可口

☆むまさうな雪がふうはりふはり哉（1813）

umasōna / yuki ga fūwari / fuwari kana

譯註：「むまさうな」（甘さうな：umasōna），可口的；「ふうわり／ふはり」（ふうわり／ふわり：fūwari／fuwari），輕輕地、輕飄飄地，擬態詞。

246

　　雁與鷗
　　大聲吵嚷著——
　　「這是我的雪！」

☆雁鴎おのが雪とてさはぐ哉（1813）

kari kamome / ono ga yuki tote / sawagu kana

譯註：「おの」（己：ono），（我）自己的；「さはぐ」（騒ぐ：sawagu），吵嚷。此詩亦可視為一茶與異母弟仙六爭亡父遺產之影射。

247

  我可以聽到
  我鄉鐘聲，自
  雪底下響起……

☆我郷の鐘や聞くらん雪の底（1813）
waga sato no / kane ya kikuran / yuki no soko

248

  那是我的年糕
  那也是我的年糕……
  一整列都是呢

☆あこが餅あこが餅とて並べけり（1813）
ako ga mochi / ako ga mochi tote / narabekeri

譯註：此詩以孩童口吻，寫期待擁有母親所做全部年糕的孩童的渴切心情。「あこ」（彼処：ako），彼處、那裡；「並べけり」（narabekeri），一整列之意。

249

  茶花叢裡

  麻雀

  在玩捉迷藏嗎

☆茶の花に隠んぼする雀哉（1813）

cha no hana ni / kakurenbo suru / suzume kana

譯註:「隱んぼ」（kakurenbo），躲藏。

250

  笨笨貓——

  卻也知哪一張蒲團

  是它的

☆安房猫おのがふとんは知にけり（1813）

ahō neko / ono ga futon wa / shirinikeri

譯註:「安房」（阿房／阿呆：ahō），愚蠢、糊塗、阿呆;「おの」（己：ono），自己的;「ふとん」（蒲団：futon），蒲團、坐墊。

251

　　一隻麻雀，
　　以雪佛的膝蓋為
　　舞台——歌唱

☆御ひざに雀鳴也雪仏（1813）

onhiza ni / suzume naku nari / yukibotoke

譯註：「御ひざ」（御膝：onhiza），即「膝」，「御」（on）為尊稱；「雪仏」（yukibotoke），雪佛，用雪做成的佛像。

252

　　貓頭鷹！抹去你
　　臉上的愁容——
　　春雨

☆梟も面癖直せ春の雨（1814）

fukurō mo / tsuraguse naose / haru no ame

譯註：「面癖」（tsuraguse），臉上的古怪表情；「直せ」（naose），弄正、抹平。

253

　　雪融了，
　　滿山滿谷都是
　　小孩子

☆雪とけて村一ぱいの子ども哉（1814）

yukitokete / mura ippai no / kodomo kana

譯註：「雪とけて」（雪解け／雪融け：yukitokete），雪融；「一ぱい」（いっぱい／一杯：ippai），滿、充滿；「子ども」（子供：kodomo），小孩子。此詩直譯大致為「雪融了，／滿村都是／小孩子！」。

254

　　連她打的呵欠
　　都抑揚有致——
　　啊，採茶女！

☆欠にも節の付たる茶摘哉（1814）

akubi nimo / fushi no tsuketaru / chatsumi kana

譯註：「欠」（欠伸：akubi），呵欠；「茶摘」（chatsumi），採茶人。

255

花謝花飛——
白髮
是我的罪與報

☆ちる花に罪も報もしら髮哉（1814）

chiru hana ni / tsumi mo mukui mo / shiraga kana

譯註：「ちる」（散る：chiru），散落、飄謝；「しら髮」（shiraga），即「白髮」。

256

烏鴉躞步，
假裝自己在
犁田……

☆畠打の真似して歩く烏哉（1814）

hatauchi no / mane shite aruku / karasu kana

譯註：「畠打」（畑打：hatauchi），犁田；「真似」（mane），模仿、裝作。

257

　　來和我玩吧，
　　無爹無娘的
　　小麻雀

☆我と来てあそぶや親のない雀（1814）
ware to kite / asobu ya oya no / nai suzume

譯註：一茶俳文集《俺的春天》中註明此詩為「六歲彌太郎」所作，但有可能此首俳句是一茶（彌太郎）長大後回憶幼年情境之作。此首作品在平凡的語言中，表現了孤兒對孤兒的同情，據說當時一茶穿著舊衣，孤坐一旁，遠遠看著其他穿著年節新衣嬉戲的孩童。「あそぶ」（遊ぶ：asobu），玩；「ない」（無い：nai），無。

258

　　黃鶯
　　用梅花
　　拭淨腳上的泥

☆鶯や泥足ぬぐふ梅の花（1814）
uguisu ya / doroashi nugū / ume no hana

譯註：「ぬぐふ」（拭ふ：nugū），擦掉、拭去。

259

 燕子們
 並排聆聽
 搗臼歌……

☆白歌を聞々並ぶ乙鳥かな（1814）

usuuta o / kikikiki narabu / tsubame kana

譯註：「乙鳥」（燕／つばめ：tsubame），即燕子。

260

 實情是──
 我也是愛糰子
 勝過花……

☆有様は我も花より団子哉（1814）

ariyō wa / ware mo hana yori / dango kana

譯註：「有様」（ariyō），實情；「団子」（だんご：dango），糰子，又稱糰子串、烤糰子，由糯米粉製成。日本有諺語「花より団子」（hanayoridango），意即「與其要外表美麗的花，不如吃糰子來得實在」──捨華求實之意。

261

    櫻花樹下
    躺成
    一個「大」字

☆大の字に踏んぞり返て桜哉（1814）

dai no ji ni / funzorikaete / sakura kana

譯註：「踏んぞり返て」（踏ん反り返て：funzorikaete），向后仰、仰臥。

262

    即便一根草
    也迎有
    涼風落腳

☆一本の草も涼風やどりけり（1814）

ippon no / kusa mo suzukaze / yadorikeri

譯註：「一本」（ippon），一根；「やどりけり」（宿りけり：yadorikeri），投宿、落腳。

263

　　炎夏三伏天的雲

　　一下子變成鬼，

　　一下子變成佛……

☆鬼と成り仏となるや土用雲（1814）

oni to nari / hotoke to naru ya / doyōgumo

譯註：「なる」（成る：naru），變成；「土用雲」（doyōgumo），炎夏三伏天的雲。

264

　　半百當女婿，

　　以扇

　　羞遮頭

☆五十聟天窓をかくす扇かな（1814）

gojū muko / atama o kakusu / ōgi kana

譯註：一茶五十二歲（1814年4月）始結婚，遂有此妙詩。「聟」（muko），女婿；「天窓」（atama），頭；「かくす」（隱す：kakusu），掩蓋、遮蓋。

265

　　隨著
　　馬嚼草的聲音——
　　螢火蟲起舞

☆馬の草喰ふ音してとぶ螢（1814）

uma no kusa / kurau oto shite / tobu hotaru

譯註:「とぶ」（飛ぶ：tobu），飛、飛舞。

266

　　成群的蚊子——
　　但少了他們，
　　卻有些寂寞

☆蚊柱や是もなければ小淋しき（1814）

kabashira ya / kore mo nakereba / kosabishiki

譯註:「蚊柱」（kabashira），夏日傍晚，蚊子成群飛舞，看似柱形；「なければ」（無ければ：nakereba），若無、如果沒有；「小淋しき」（小寂しき：kosabishiki），小寂寞、有些寂寞。

267

　　一邊打蒼蠅
　　一邊唸
　　南無阿彌陀佛

☆蠅一つ打てはなむあみだ仏哉（1814）

hae hitotsu / utte wa namuamida / butsu kana

譯註：「なむあみだ仏」（南無阿弥陀仏：namuamidabutsu），即「南無阿彌陀佛」。

268

　　孩子們，不要
　　追捕、追捕、追捕那
　　也有小孩的跳蚤！

☆追な追な追な子どもよ子持蚤（1814）

ō na ō na / ō na kodomo yo / komochinomi

譯註：「追」（追う：ō），追逐、追捕；「な」（na）是接於動詞後，表示「不要」的終助詞；「子持」（子持ち：komochi），有小孩之意。

269

跳蚤兄啊,
抱歉寒舍太窄,但請
盡情練跳!

☆狭くともいざ飛習へ庵の蚤（1814）

semaku tomo / iza tobinarae / io no nomi

譯註:「いざ」(iza),感嘆詞,唉、請吧、來吧之意。

270

蝸牛——
一眼也不瞧
那紅花!

☆でで虫や赤い花には目もかけず（1814）

dedemushi ya / akai hana ni wa / me mo kakezu

譯註:「でで虫」(出出虫:dedemushi),蝸牛的別名;「かけず」(懸けず／繫けず:kakezu),「不懸」、「不繫」之意,意指目光不屑一顧。

271

　　蝸牛——啊
　　快看、快看
　　你自己的影子！

☆蝸牛見よ見よ己が影法師（1814）

katatsumuri / miyo miyo onoga / kagebōshi

譯註：「影法師」（kagebōshi），影子。

272

　　露珠四散——
　　今天，一樣播撒
　　地獄的種子

☆露ちるや地獄の種をけふもまく（1814）

tsuyu chiru ya / jigoku no tane o / kyō mo maku

譯註：「ちる」（散る：chiru），散落；「けふ」（kyō），即「今日」；「まく」（撒く：maku），播撒、散布。

273

　　單純地說著
　　信賴……信賴……
　　露珠一顆顆掉下

☆只頼め頼めと露のこぼれけり（1814）
tada tanome / tanome to tsuyu no / koborekeri

譯註：「只」（tada），唯、單單、單純地；「こぼれけり」（零れけり／溢れけり：koborekeri），灑落、溢出、掉下。露珠也唸佛，露珠唸佛即可安往淨土乎……

274

　　秋風吹──
　　連山影
　　也搖搖晃晃……

☆秋風やひょろひょろ山の影法師（1814）
akikaze ya / hyorohyoro yama no / kageboshi

譯註：「ひょろひょろ」（hyorohyoro），搖搖晃晃之意，擬態詞。

275

　　菊花燦開——
　　連尿的惡臭也
　　被花香馴服……

☆小便の香も通ひけり菊の花（1814）

shōben no / kaori mo kayoikeri / kiku no hana

譯註：「通ひけり」（kayoikeri），往來、溝通之意。

276

　　晨霧
　　從大佛的鼻孔
　　出來……

☆大仏の鼻から出たりけさの霧（1814）

daibutsu no / hana kara detari / kesa no kiri

譯註：「から」（kara），從、由；「けさ」（kesa），即「今朝」。

277

　　蟋蟀，翹起鬍鬚，
　　自豪地
　　高歌……

☆蛩髭をかつぎて鳴にけり（1814）

kirigirisu / hige o katsugite / nakinikeri

譯註：「蛩」（螽斯／蟋蟀：kirigirisu），蟋蟀；「かつぎて」（担ぐぎて：katsugite），扛著，翹起。

278

　　輕輕蓋在
　　酣睡的狗身上——
　　啊，一片葉子

☆寝た犬にふはとかぶさる一葉哉（1814）

neta inu ni / fuwato kabusaru / hitoha kana

譯註：「ふはと」（ふわと：fuwato），輕輕地；「かぶさる」（被さる：kabusaru），蓋到……上。

279

　　不是鬼，
　　不是菩薩──
　　只是一隻海參啊

☆鬼もいや菩薩もいやとなまこ哉（1814）

oni mo iya / bosatsu mo iya to / namako kana

譯註：原詩可作「鬼も否／菩薩も否と／海鼠哉」。「いや」（否：iya），否、不是；「なまこ」（海鼠：namako），海參。

280

　　拔白蘿蔔的男子
　　用一根白蘿蔔
　　為我指路

☆大根引大根で道を教へけり（1814）

daiko hiki / daiko de michi o / oshiekeri

譯註：「大根」（daiko），蘿蔔、白蘿蔔；「引」（引き：hiki），拖拉、拔；「教へけり」（oshiekeri），教導、指引。

281

  寒舍——
  遮掩我貧窮的雪
  在融解

☆我庵や貧乏がくしの雪とける（1815）

waga io ya / binbōgakushi no / yuki tokeru

譯註：「貧乏がくし」（貧乏隱し：binbōgakushi），隱藏貧窮；「とける」（解ける／融ける：tokeru），融解。

282

  俺的世界——
  那邊那些草，做成了
  俺家的草味年糕

☆おらが世やそこらの草も餅になる（1815）

oraga yo ya / sokora no kusa mo / mochi ni naru

譯註：「おらが」（己が：oraga），俺的、我的；「そこら」（其処ら：sokora），那一帶、那邊；「なる」（成る：naru），做成。

283

    地獄圖裡的

    圍欄上,一隻

    雲雀歌唱

☆地獄画の垣にかかりて鳴雲雀(1815)

jigokue no / kaki ni kakarite / naku hibari

譯註:「かかりて」(懸かりて:kakarite),停棲之意,譯詩中略之。

284

    啊櫻花——像我

    這樣的老人

    它們也不嫌棄……

☆としよりも嫌ひ給はぬ桜哉(1815)

toshiyori mo / kirai tamawanu / sakura kana

譯註:「としより」(年寄り:toshiyori),老人;「嫌ひ」(kirai),棄嫌、厭惡;「給はぬ」(tamawanu),「不給/不對(我)」之意。

285

　　啊櫻花——
　　連閻王的眼球也
　　蹦出來

☆閻魔王も目をむき出して桜哉（1815）

enmaō mo / me o mukidashite / sakura kana

譯註：「むき出して」（剝き出して：mukidashite），赤裸裸露出。

286

　　幸得扇
　　搧風，轉眼——
　　啊，竟失之

☆貰よりはやくおとした扇哉（1815）

morau yori / hayaku otoshita / ōgi kana

譯註：「貰」（貰う：morau），得到；「はやく」（早く：hayaku），很快地；「おとした」（落とした：otoshita），丟落。

287
  我屋前的小溪
  讓西瓜
  更清涼可口

☆我庵や小川をかりて冷し瓜（1815）

waga io ya / ogawa o karite / hiyashi uri

譯註：「かりて」（借りて：karite），借助（於它）之意。

288
  晾曬東西，防
  生蟲——貓也在
  那兒，舒服曬

☆虫干に猫もほされて居たりけり（1815）

mushiboshi ni / neko mo hosarete / itarikeri

譯註：「虫干」（mushiboshi），晾曬衣服、寢具等以防止生蟲；「ほされて」（干されて：hosarete），曬；「居たりけり」（itarikeri），在那裡之意。

289

　　夕顏花棚下
　　乘涼——兼舉行
　　放屁比賽……

☆屁くらべや夕顔棚の下涼み（1815）
hekurabe ya / yūgaodana no / shita suzumi

譯註：「屁くらべ」（屁競べ：hekurabe），放屁比賽。一茶此年另有一同類賽事俳句——「放屁比賽／已經開始了——／在棉被內……」（屁くらべが已に始る衾かな：hekurabe ga / sudeni hajimaru / fusuma kana）。

290

　　請就位觀賞
　　我的尿瀑布——
　　來呀，螢火蟲

☆小便の滝を見せうぞ来よ蛍（1815）
shōben no / taki o mishō zo / ko yo hotaru

譯註：「滝」（taki），瀑布。

291
　　我將外出，
　　蒼蠅啊，放輕鬆
　　尋歡做愛吧！

☆留主にするぞ恋して遊べ庵の蠅（1815）
rusu ni suru zo / koi shite asobe / io no hae
譯註：「留主」（留守：rusu），外出、不在家。

292
　　一粒米飯
　　沾黏於鼻頭——
　　貓戀愛了

☆鼻先に飯粒つけて猫の恋（1815）
hanasaki ni / meshitsubu tsukete / neko no koi
譯註：「鼻先」（hanasaki），鼻尖、鼻頭；「つけて」（着ける／付ける：tsukete），沾上、黏著。

293

　　　柴門上
　　　代替鎖的是——
　　　一隻蝸牛

☆柴門や錠のかはりの蝸牛（1815）

shiba kado ya / jō no kawari no / katatsuburi

譯註：此詩讓人想起陶淵明的「門雖設而常開」，但更加豁達、生動。對照今日都市叢林裡層層圍鎖的鐵門巨鎖，樹枝編成的家門上，志願充當守衛的這隻蝸牛多麼可愛啊。「錠」（jō），鎖；「かはり」（替り：kawari），代替。

294

　　　像其他人一樣，
　　　一副不服輸的神色——
　　　這隻蝸牛

☆一ぱしの面魂やかたつむり（1815）

ippashi no / tsuradamashii ya / katatsumuri

譯註：「一ぱし」（一端：ippashi），也算得上一個、像其他人一樣；「面魂」（tsuradamashii），倔強、不服輸的神色；「かたつむり」（katatsumuri），即「蝸牛」。

295

  小和尚的

  袖子中——啊,

  蟬的叫聲

☆小坊主や袂の中の蝉の声（1815）

kobōzu ya / tamoto no naka no / semi no koe

譯註：「小坊主」（kobōzu），小和尚。

296

  我的菊妻啊,

  全不在乎她自己的

  衣著舉止

☆我菊や形にもふりにもかまはずに（1815）

waga kiku ya / nari nimo furi nimo / kamawazu ni

譯註：一茶52歲時告別單身，娶28歲的菊為妻，相當愛她，也頗喜歡她大而化之的個性。「形」（nari），外形、裝束；「ふり」（風：furi），儀態、風度；「かまはず」（構はず：kamawazu），不在乎、不介意，「ず」（zu）是表示否定的助動詞。

297

    風送來

    落葉——足夠

    生火了

☆焚くほどは風がくれたるおち葉哉（1815）

taku hodo wa / kaze ga kuretaru / ochiba kana

譯註：「ほど」（程：hodo），程度、數量；「くれたる」（呉れたる：kuretaru），給了、送來了；「おち葉」（ochiba），「落葉」。

298

    瘦青蛙，

      別輸掉，

        一茶在這裡！

☆瘦蛙まけるな一茶是に有（1816）

yasegaeru / makeru na issa / kore ni ari

譯註：日本舊有鬥蛙之習，這是一茶看到一隻瘦小的青蛙和一隻肥胖的青蛙比鬥時，所寫的為其吶喊、加油之詩。「まけるな」（負けるな：makeru na），「不要輸掉」之意，「な」（na）表示「不要」；「是」（kore），這、此。

299

啊,小蝴蝶,
來來去去數著澡池裡
一顆一顆頭……

☆湯入衆の頭かぞへる小てふ哉（1816）

yu iri shū no / atama kazoeru / kochō kana

譯註:「湯」(yu),澡池;「かぞへる」(数える:kazoeru),計數、計算;「小てふ」(小蝶:kochō),小蝴蝶。

300

一、二、三……
玩擲小布包,蝴蝶
也飛過來湊熱鬧

☆石なごの一二三を蝶の舞にけり（1816）

ishinago no / hifumi o chō no / mainikeri

譯註:「石なご」(石子:ishinago),擲小布包(裡面裝小石子)——日本女孩的一種遊戲。

301

　　我把我的孩子綁在
　　樹上——以樹為
　　床，涼風免費送爽

☆涼風の吹く木へ縛る我子哉（1816）
suzukaze no / fuku ki e shibaru / waga ko kana
譯註：「木」（ki），即樹。

302

　　今年夏天
　　連我茅屋上的草
　　都變瘦了

☆我庵は草も夏痩したりけり（1816）
waga io wa / kusa mo natsuyase / shitarikeri

303

　　何其有幸！
　　也被今年的蚊子
　　盡情叮食

☆目出度さはことしの蚊にも喰れけり（1816）

medetasa wa / kotoshi no ka nimo / kuwarekeri

譯註：「目出度」（medetasa），可喜可賀之意；「ことし」（kotoshi），即「今年」；「にも」（nimo），「也」之意。

304

　　打蒼蠅──
　　卻也
　　打到了花……

☆蠅打に花さく草も打れけり（1816）

hae uchi ni / hana saku kusa mo / utarekeri

譯註：「さく」（咲く：saku），（花）開。

305

　　到籬笆外
　　放屁——冷啊
　　這寒夜……

☆垣外へ屁を捨に出る夜寒哉（1816）
kakisoto e / he o sute ni deru / yosamu kana
譯註：「屁を捨」（屁を捨て：he o sute），放屁。

306

　　牛——哞哞哞哞
　　從濛濛霧中
　　出現……

☆牛もうもうもうと霧から出たりけり（1816）
ushi mōmō / mō to kiri kara / detarikeri
譯註：「もうもう」（mōmō），有兩意，一指「哞哞」，牛鳴聲，一指（霧）「濛濛」；「から」（kara），從、自。

307

蟋蟀的叫聲
遮蔽了夜裡我在
尿瓶裡尿尿的聲音……

☆蛬尿瓶のおともほそる夜ぞ（1816）

kirigirisu / shibin no oto mo / hosoru yo zo

譯註:「蛬」(kirigirisu)，蟋蟀；「おと」(音：oto)，聲音；「ほそる」（細る：hosoru)，變細、變弱。

308

啊，這人世——
竟連在葉子上寫字
也被責備！

☆人の世や木の葉かくさへ叱らるる（1816）

hitonoyo ya / ko no ha kaku sae / shikararuru

譯註:「かく」（書く：kaku)，寫；「さへ」（さえ：sae)，連、甚至。一茶三歲喪母，八歲時父親續弦，繼母頗不喜一茶。十歲時，同父異母弟出生，一茶與繼母關係更加惡化。繼母不願意一茶上學，要他在家裡幫忙農事，經常責打、責備他。這首詩也許就是一茶回憶此一時期生命情境之作。

309

　　歲暮——
　　我的錢長翅膀
　　飛走了！

☆羽生へて銭が飛ぶな也年の暮（1816）
hane haete / zeni ga tobu nari / toshi no kure
譯註：「羽生へて」（hane haete），長翅膀。

310

　　四五寸的一顆
　　赤橘：
　　冬月

☆四五寸の橘赤し冬の月（1816）
shigosun no / tachibana akashi / fuyu no tsuki

311

冬日幽居：
冬季放屁奧運會
又開始了……

☆屁くらべが又始るぞ冬籠（1816）

hekurabe ga / mata hajimaru zo / fuyugomori

譯註：由國際奧林匹克委員會主辦的「冬季奧林匹克運動會」（簡稱冬季奧運會）開始於1924年，應與寫作於1816年的一茶此詩無關。譯詩中「奧運」兩字，亦可作「奧秘、隱秘運送」解。「屁くらべ」（屁競べ：hekurabe），放屁比賽。此詩直譯大致為「冬籠：／放屁比賽／又開始了……」。

312

在我家，
元旦
從中午才開始

☆我門は昼過からが元日ぞ（1817）

waga kado wa / hirusugi kara ga / ganjitsu zo

譯註：此詩或可見一茶作為一個自由寫作者勤奮恣意（熬夜寫作？）又懶散自在（隨興晏起？）的生活情貌，或者年過半百始為人夫的一茶豐富的夫妻夜生活、晨生活。「から」（kara），從、自。

313

　　新春第一天：
　　連我的影子也
　　健康、平安

☆影法師ままめ息才で今朝の春（1817）

kageboshi mo / mame sokusai de / kesa no haru

譯註：「まめ」（mame），健康、健壯；「息才」（息災／そくさい：sokusai），平安無病之意。

314

　　放假回家，剛
　　入門，未見雙親
　　先垂淚的傭人們……

☆藪入や涙先立人の親（1817）

yabuiri ya / namida sakidatsu / hito no oya

譯註：「藪入」（yabuiri），正月或孟蘭盆節，傭人請假回家的日子；「先立」（sakidatsu），先行、先導。

315

　　睡醒後
　　打個大呵欠——
　　貓又去談戀愛了

☆寝て起て大欠して猫の恋（1817）

nete okite / ōakubi shite / neko no koi

316

　　只要說出
　　「我家」兩字——
　　涼哉……

☆我宿といふばかりでも涼しさよ（1817）

waga yado to / iu bakari demo / suzushisa yo

譯註：「いふ」（言ふ：iu），說；「ばかり」（bakari），僅、只。

317

躺著
像一個「大」字,
遙看雲峰

☆大の字に寝て見たりけり雲の峰(1817)

dai no ji ni / nete mitarikeri / kumo no mine

譯註:一茶1813年有俳句「躺著／像一個『大』字,／涼爽但寂寞啊」(本書第216首),頗似此句,但心情有別——在有限的形式裡做細微的變化、變奏,即俳句的藝術特質之一。

318

一代一代開在
這貧窮人家籬笆——
啊,木槿花

☆代々の貧乏垣の木槿哉(1817)

daidai no / binbō kaki no / mukuge kana

319

一邊咬嚼跳蚤
一邊唸
南無阿彌陀佛!

☆蚤噛んだ口でなむあみだ仏哉(1817)
nomi kanda / kuchi de namuamida / butsu kana

譯註:「なむあみだ仏」(南無阿弥陀仏:namuamidabutsu),即「南無阿彌陀佛」。

320

蜻蜓穿著
紅衣服,參加
節慶活動去了!

☆御祭の赤い出立の蜻蛉哉(1817)
omatsuri no / akai dedachi no / tombo kana

321

下雪天——
在盆灰裡
練習寫字……

☆雪の日や字を書習ふ盆の灰（1817）
yuki no hi ya / ji o kakinarau / bon no hai

322

緊貼著
我屋子的後牆——
貧乏雪

☆うら壁やしがみ付たる貧乏雪（1817）
urakabe ya / shigamitsuitaru / binbō yuki

譯註：「うら壁」（裏壁：urakabe），後面的牆壁；「しがみ付たる」（shigamitsuitaru），緊抓不放、緊貼著；「貧乏雪」（binbō yuki），「貧窮人家的雪」之意。

323

東張西望,東張西望,
你掉了什麼東西嗎,
鷦鷯?

☆きよろきよろきよろきよろ何をみそさざい(1817)

kyorokyoro / kyorokyoro nani o / misosazai

譯註:一茶此詩重疊使用擬態詞「きよろきよろ」(kyorokyoro,東張西望、四下張望之意),形容鷦鷯不安的樣子,唸起來頗滑稽有趣。「みそさざい」(misosazai),即「鷦鷯」。

324

繁星點點——
彷彿彼此
咬耳細語……

☆星樣のささやき給ふけしき哉(1804-1817間)

hosisama no / sasayaki tamau / kesiki kana

譯註:「ささやき」(囁き/私語:sasayaki),私語、耳語;「けしき」(景色/気色:kesiki),景色、神色、感覺、樣子。

325

　　新年第一天，
　　我家——
　　老樣子

☆元日も別條のなき屑屋哉（1818）

ganjitsu mo betsujō no naki kuzuya kana

譯註：「別條」（別状：betsujō），異狀；「なき」（無き：naki），無；「屑屋」（kuzuya），破房子，寒舍、我家之謂。

326

　　一年又春天——
　　彌太郎成了
　　詩僧一茶

☆春立や弥太郎改め一茶坊（1818）

haru tatsu ya / yatarō aratame / issabō

譯註：一茶在他《寬政三年紀行》一作開頭即已提到自己以「一茶坊」為名。寬政三年為1791年，如果一茶從此年開始「認證」自己是俳諧師「一茶坊」（issabō，一茶僧），那麼這首1818年俳句追憶的就是27年前之事了。

327

爆竹節,松枝

竹枝草繩劈劈啪啪燒

雪花紛紛降……

☆どんど焼どんどど雪の降りにけり(1818)

dondoyaki / don dodo yuki / furinikeri

譯註:日語「どんど焼」(dondoyaki),也稱作「どんど」(dondo),中文譯作爆竹節,為正月十五舉行的「火祭」活動。當天將新年期間裝飾於門前的松枝、竹枝、草繩等彙集在一起焚燒,化作消災的烈火和送神的神煙。「どん」(don)為轟隆聲,「どど」(度度:dodo)為屢次、再三之意——「どんどど」(don dodo)合在一起,可視為描寫爆竹轟隆轟隆爆裂的擬聲詞。

328

梅花燦開——

紙門上

貓的影子

☆梅咲やせうじに猫の影法師(1818)

ume saku ya / shōji ni neko no / kagebōshi

譯註:「せうじ」(障子:shōji),紙拉門;「影法師」,影子。

329

　　梅花燦開——
　　今天,地獄的
　　鍋子都停工!

☆梅咲くや地獄の釜も休日と(1818)

ume saku ya / jigoku no kama mo / kyūjitsu to

譯註:「釜」(kama),鍋,指地獄中用來烹煮惡人的油鍋。

330

　　張開嘴說出
　　「好漫長的一天」——
　　一隻烏鴉

☆ばか長い日やと口明く烏哉(1818)

baka nagai hi / ya to kuchi aku / karasu kana

譯註:「ばか」(馬鹿／莫迦:baka),非常、多麼之意;「明く」(aku),張開。

331

　　暗中來，
　　暗中去──
　　貓的情事

☆闇より闇に入るや猫の恋（1818）
kuraki yori / kuraki ni iru ya / neko no koi
譯註：「より」（yori），從、由。

332

　　月亮匆匆一瞥，
　　鶯聲短暫一現──
　　良夜已過！

☆月ちらり鶯ちらり夜は明ぬ（1818）
tsuki chirari / uguisu chirari / yo wa akenu
譯註：「ちらり」（chirari），擬態詞，一瞥、一晃、一閃之意；「明ぬ」（akenu），天明、天亮。

333

  戲弄著
  大貓的尾巴——一隻
  小蝴蝶

☆大猫の尻尾でじやらす小蝶哉（1818）

ōneko no / shippo de jarasu ko / chō kana

譯註：「尻尾」（shippo），尾巴；「じやらす」（戲らす：jarasu），戲弄。

334

  盤腿而坐——
  與彌陀同體
  同清涼

☆涼しさにみだ同體のあぐら哉（1818）

suzushisa ni / mida dōtai no / agura kana

譯註：本詩前書「本堂納涼」。本堂，寺院的正殿，奉阿彌陀佛坐像。「みだ」（弥陀：mida），即彌陀佛、阿彌陀佛；「あぐら」（胡坐：agura），盤腿而坐。

335

問她幾歲啦,
五根手指伸出——
換穿夏衣的幼童

☆としとへば片手出す子や更衣（1818）

toshi toeba / katate dasu ko ya / koromogae

譯註:「とし」（toshi）, 即「年」;「とへば」（問へば: toeba）, 問;「片手」（katate）, 一隻手;「更衣」（koromogae）, 指陰曆四月一日更衣日, 是日脫下棉袍換穿夏衣。

336

新扇在手——
我想四處漫步
風光一下……

☆手にとれば歩たく成る扇哉（1818）

te ni toreba / arukitaku naru / ōgi kana

譯註:「とれば」（取れば: toreba）, 拿著。

337

　　她一邊哺乳，
　　一邊細數
　　孩子身上的蚤痕

☆蚤の跡かぞへながらに添乳哉（1818）
nomi no ato / kazoe nagara ni / soeji kana

譯註：此詩寫妻子哺育女兒的情景，隱含不捨嬰孩被跳蚤叮咬的濃濃母愛。「かぞへ」（数へ：kazoe），數；「ながら」（乍ら：nagara），「一邊……一邊……」。

338

　　有這麼大呢！
　　用兩手比出一朵牡丹
　　──小孩說著

☆是程と牡丹の仕方する子哉（1818）
korehodo to / botan no shikata / suru ko kana

譯註：「是程」（此れ程：korehodo），如此（大）、這麼（大）；「仕方」（shikata），手勢；「する」（為る：suru），做。

207

339

蟾蜍先生,你也
有福啦——
牡丹正盛開

☆蟾どのも福と呼るるぼたん哉(1818)

hikidono mo / fuku to yobaruru / botan kana

譯註:「蟾どの」(蟾殿:hikidono),「蟾蜍先生」之意,「殿」為尊稱;「ぼたん」(botan),即「牡丹」。

340

閃電——
蟾蜍一臉
關他屁事的表情

☆稲妻や屁とも思はぬひきが顔(1818)

inazuma ya / hetomoomowanu / hiki ga kao

譯註:「稻妻」(inazuma),閃電;「屁とも思わぬ」(hetomoomowanu),全然不在乎、關他屁事之意;「ひき」(蟇/蟾:hiki),蟾蜍。

341

　　小馬伸出
　　它的嘴巴——
　　紅柿葉

☆馬の子や口さん出すや柿紅葉（1818）

uma no ko ya / kuchi sandasu ya / kakimomiji

譯註：「さん出す」（差出す：sandasu），伸出。

342

　　尿尿後——
　　用斜落的陣雨
　　洗手

☆小便に手をつく供や横時雨（1818）

shōben ni / te o tsuku tomo ya / yokoshigure

譯註：「つく」（浸く：tsuku），浸泡、沖洗。

343

　　我今天不敢
　　看花──害怕
　　我的來世

☆けふは花見まじ未来がおそろしき（1818）

kyō wa hana / mimaji mirai ga / osoroshiki

譯註：「まじ」（maji），表示否定，不要、不敢之意；「けふ」（kyō），「今日」；「おそろしき」（恐ろしき：osoroshiki），可怕、令人驚恐。

344

何喜何賀？
馬馬虎虎也，
俺的春天

☆目出度さもちう位也おらが春（1819）
medetasa mo / chūgurai nari / oraga haru

譯註：「目出度」（medetasa），可喜可賀；「ちう位」（中位：chūgurai），中等、馬馬虎虎；「おらが」（己が：oraga），俺的、我的。此詩寫於1819年新春。一茶長男千太郎於1816年4月出生，但未滿月即夭折，而一茶長女聰（さと）於1818年5月出生。此詩可見一茶對生命、生活隨遇而安的曠達態度。一茶絕沒有想到愛女會在1819年6月死去，而自己會寫一本以此詩結尾的「俺的春天」（おらが春：oraga haru）為名的俳文集追念她。

345

又爬又笑——
從今天早上起,
兩歲啦!

☆這へ笑へ二ツになるぞけさからは（1819）

hae warae / futatsu ni naru zo / kesa kara wa

譯註：據一茶《俺的春天》一書所述，此詩應為文政2年（1819年）元旦之作。1818年5月，一茶長女聰出生。此詩所說的「兩歲」為虛歲。「這へ」（hae），爬；「なる」（成る：naru），變成；「けさから」（今朝から：kesa kara），從今朝。

346

一隻烏鴉，代表
我，在元旦
早上的水裡洗澡

☆名代のわか水浴びる烏哉（1819）

myōdai ni / wakamizu abiru / karasu kana

譯註：「名代」（myōdai），代理、代表；「わか水」（若水：wakamizu），元旦早晨汲的水。

347

　　小麻雀啊，
　　退到一邊，退到一邊！
　　馬先生正疾馳而過

☆雀の子そこのけそこのけ御馬が通る（1819）

suzume no ko / soko noke soko noke / ouma ga tōru

譯註：「そこのけ」（其処退け：soko noke），退到那邊、退到一邊；「御馬」（ouma），「馬先生」之謂，「御」是尊稱。

348

　　向我挑戰
　　比賽瞪眼——
　　一隻青蛙

☆おれとして白眼くらする蛙かな（1819）

ore to shite / niramekura suru / kawazu kana

譯註：「おれ」（俺：ore），我；「白眼くら」（にらめくら／睨め競：niramekura），比賽瞪眼睛。

213

349

　　你指出這些梅花
　　是要我們出手偷嗎，
　　月亮？

☆梅の花ここを盗めとさす月か（1819）

ume no hana / koko o nusume to / sasu tsuki ka

譯註:「ここ」(此処:koko)，這裡;「さす」(指す:sasu)，指向、指著。

350

　　在盛開的
　　櫻花樹下，沒有人
　　是異鄉客

☆花の陰赤の他人はなかりけり（1819）

hana no kage / akanotanin wa / nakarikeri

譯註:「花の陰」(hana no kage)，櫻花樹的樹蔭下;「赤の他人」(akanotanin)，完全無關之人、陌生人、異鄉人;「なかりけり」(無かりけり:nakarikeri)，無、沒有。

351
　　山月——
　　照亮了
　　盜花賊……

☆山の月花盗人を照らし給ふ（1819）
yama no tsuki / hananusubito o / terashi tamau

352
　　夜賞櫻花——
　　啊，有幸聞
　　仙樂之人……

☆夜桜や天の音楽聞し人（1819）
yozakura ya / ten no ongaku / kikishi hito

353

在門口，
親切地揮手——
那棵柳樹……

☆入口のあいそになびく柳かな（1819）
iriguchi no / aiso ni nabiku / yanagi kana

譯註：「あいそ」（愛想：aiso），親切、和藹；「なびく」（靡く：nabiku），隨風飄動、迎風招展。一茶因與繼母及同父異母弟仙六間的亡父遺產紛爭，多年來漂泊在外，有家歸不得。因此1813年元月，紛爭解決，家中屋子一分為二由一茶與仙六分住後，家門口那棵柳樹，在一茶眼中，彷彿也親切揮手，歡迎他回來……

354

好涼快啊！
這裡一定是
極樂淨土的入口

☆涼しさや爰極楽浄土の這入口（1819）
suzushisa ya / gokuraku jōdo no / hairiguchi

355

小孩子模仿鸕鷀，
比鸕鷀
還像鸕鷀

☆鵜の真似は鵜より上手な子供哉（1819）

u no mane wa / u yori jōzuna / kodomo kana

譯註:「鵜」（u），鸕鷀;「真似」（mane），模仿;「上手な」（jōzuna），高明，強過、勝過之意。

356

晝寢老半天——
啊，迄今
未受罰！

☆今迄は罪もあたらぬ昼寝哉（1819）

imamade wa / tsumi mo ataranu / hirune kana

譯註:「あたらぬ」（当たらぬ：ataranu），意即「未承擔」,「ぬ」（nu）是表示否定的助動詞。

357

　　魚不知
　　身在桶中——
　　在門邊涼快著

☆魚どもや桶ともしらで門涼み（1819）

uodomo ya / oke tomo shirade / kado suzumi

譯註：「魚ども」（魚共：uodomo），魚們；「しらで」（知らで：shirade），意即「不知」。

358

　　一尺長的瀑布
　　聲，就讓
　　黃昏涼起來了

☆一尺の滝も音して夕涼み（1819）

isshaku no / taki mo oto shite / yūsuzumi

譯註：此詩為極妙的「聯覺」（通感）詩，一尺長的瀑布的「聲音」（聽覺），就讓人身體降溫、倍覺涼爽了。陳黎也有一瀑布俳句，《小宇宙》第24首——「一條小瀑布懸掛在山腰處／水細聲小／一條小瀑布清涼了整個夜晚」，恐是效一茶之顰。

359

蟾蜍！一副
能嘔出
雲朵的模樣

☆雲を吐く口つきしたり引蟇（1819）

kumo o haku / kuchitsuki shitari / hikigaeru

譯註：「口つき」（口付き：kuchitsuki），口吻、口型、模樣；「引蟇」（蟇／蟾蜍：hikigaeru），蟾蜍。

360

再而三地逗弄
逗弄我們——
一隻飛螢

☆二三遍人をきょくって行螢（1819）

nisamben / hito o kyokutte / yuku hotaru

譯註：「きょくって」（曲って：kyokutte），逗弄、戲弄。

361

　　被擦鼻紙包著——
　　螢火蟲
　　依然發光

☆鼻紙に引つつんでもほたるかな（1819）

hanagami ni / hittsutsunde mo / hotaru kana

譯註：原詩中的「引」即「引っ」（ひっ：hittsu），為「接頭語」，後面接動詞，表示有力地進行；「つつんで」（包んで：tsutsunde），包著、裹著；「ほたる」（螢：hotaru），螢火蟲。

362

　　以為我的衣袖是
　　你爹你娘嗎？
　　逃跑的螢火蟲

☆我袖を親とたのむか逃ぼたる（1819）

waga sode o / oya to tanomu ka / nigebotaru

譯註：「たのむ」（頼む：tanomu），依靠；「逃ぼたる」（逃螢：nigebotaru），逃跑的螢火蟲。本詩可直譯成「以為我的衣袖是／你可以依靠的爹娘嗎？／逃跑的螢火蟲」。

363

　　一人，
　　一蠅，
　　一個大房間

☆人一人蠅も一つや大座敷（1819）

hito hitori / hae mo hitotsu ya / ōzashiki

譯註：「大座敷」（ōzashiki），大房間。

364

　　故鄉的
　　蒼蠅也會
　　刺人啊

☆古郷は蠅すら人をさしにけり（1819）

furusato wa / hae sura hito o / sashinikeri

譯註：「さしにけり」（刺しにけり：sashinikeri），刺。

365

跳蚤啊,
你若要跳,
就跳到蓮花上吧!

☆とべよ蚤同じ事なら蓮の上(1819)

tobe yo nomi / onaji koto nara / hasu no ue

譯註:「とべ」(跳べ:tobe),跳;「同じ事なら」(onaji koto nara),意為「如果事情都一樣」。本詩直譯大致為「跳吧,跳蚤,/如果事情都一樣/何不跳到蓮花上!」。

366

「狗狗,過來
過來!」——
蟬這麼叫著

☆狗に爰へ来よとや蝉の声(1819)

enokoro ni / koko e koyo to ya / semi no koe

譯註:「爰へ来」(此処へ来:koko e koyo),「來這裡」之意。此詩日文讀音出現了許多與「ko」協韻的「o」音,唸起來童趣十足——「enokoro ni / koko e koyo to ya / semi no koe」。

367

  第一聲蟬鳴：
  「看看浮世！
  看哪！看哪！」

☆はつ蝉のうきを見ん見んみいん哉（1819）

hatsusemi no / uki o min min / miin kana

譯註：原詩可作「初蝉の／浮きを見ん見ん／見いん哉」。「はつ蝉」（初蝉：hatsusemi），一年的第一次蟬鳴；「うき」（浮き：uki）——此處殆指「浮き世」（ukiyo），浮世、浮生。

368

  以扇為尺
  量花身：
  好一朵牡丹！

☆扇にて尺を取たるぼたん哉（1819）

ōgi nite / shaku o toritaru / botan kana

譯註：原詩可作「扇似／尺を取たる／牡丹哉」。「にて」（似て：nite），似；「取たる」（toritaru），取、執——執似尺之扇量花。

369

　　秋風：
　　啊,以前她喜歡摘的
　　那些紅花

☆秋風やむしりたがりし赤い花(1819)

akikaze ya / mushiritagarishi / akai hana

譯註:一茶此俳句前書「さと女卅五日墓」,為長女聰死後三十五日,一茶於其墓前悼念她之作。「むしりたがりし」(mushiritagarishi),意為「以前喜歡摘的」——「むしりた」(毟りた:mushirita),拔、摘。

370

　　露珠的世界是
　　露珠的世界,
　　然而,然而⋯⋯

☆露の世は露の世ながらさりながら(1819)

tsuyu no yo wa / tsuyu no yo nagara / sarinagara

譯註:一茶長女聰出生於1818年5月,但不幸於1819年6月過世,一茶甚悲,於一年間寫作了俳文集《俺的春天》,記述愛女之生與死,真切感人,可謂其代表作。此為收錄於其中的一首絕頂簡單又無盡悲傷的俳句。「ながら」(乍ら:nagara),⋯⋯然而;「さりながら」(然り乍ら:sarinagara),然而之意。

371

蟬唧唧叫著——
如此熾烈之紅的
風車

☆蝉鳴やつくづく赤い風車（1819）

semi naku ya / tsukuzuku akai / kazaguruma

譯註：此詩亦為悼念早夭的長女之作。「つくづく」（熟：tsukuzuku），痛切、深切、強烈地。

372

中秋之月——
她會爬向我的餐盤，
如果她還在

☆名月や膳に這よる子があらば（1819）

meigetsu ya / zen ni haiyoru / ko ga araba

譯註：一茶於中秋夜懷念6月間過世的長女之作。「這よる」（這い寄る：haiyoru），爬近、爬向；「あらば」（araba），如果還在之意。

373
　　秋暮，
　　抱膝而坐——
　　彷彿羅漢

☆膝抱て羅漢顔して秋の暮（1819）
hiza daite / rakangao shite / aki no kure
譯註：「羅漢顔」（rakangao），貌似羅漢。

374
　　小孩子伸手
　　想要撐起
　　露珠……

☆露の玉つまんで見たる童哉（1819）
tsuyu no tama / tsumande mitaru / warabe kana
譯註：「露の玉」（tsuyu no tama），露珠；「つまんで」（抓んで：tsumande），抓起、撐起。

375

　　早茶：
　　一顆蓮葉上的露珠
　　已足

☆蓮の露一つもあまる朝茶哉（1819）

hasu no tsuyu / hitotsu mo amaru / asacha kana

譯註：「あまる」（余る：amaru），有餘、過多。

376

　　閃電，一道
　　接一道：
　　針貶人世

☆稲妻や一切づつに世がなをる（1819）

inazuma ya / hito kirezutsu ni / yo ga naoru

譯註：「稲妻」（inazuma），閃電；「切づつ」（kirezutsu），切過；「なをる」（直る：naoru），矯正。

377

夕霧中
馬仍記得
橋上的破洞⋯⋯

☆夕霧や馬の覚し橋の穴（1819）

yūgure ya / uma no oboeshi / hashi no ana

譯註：「覚し」（覚えし：oboeshi），記得之意。老馬不但識途，而且（即便在濛濛霧中）也還記得橋上什麼地方破得一塌糊塗！

378

候鳥啊，
不要爭吵——
要互相幫忙

☆喧嘩すなあひみたがひに渡り鳥（1819）

kenka suna / aimitagai ni / wataridori

譯註：「すな」（suna），不要；「あひみたがひ」（相身互い：aimitagai），互相照顧、互相幫忙。

379

　　看啊,看啊,

　　螳螂的魂魄——

　　五分長

☆蟷螂や五分の魂見よ見よと(1819)

tōrō ya / gobu no tamashī / mi yo mi yo to

譯註:此詩用《莊子》「螳臂當車」之典,頗有趣地要我們看看這不自量力的螳螂,膽有多大,魂魄有多粗多厚!

380

　　拿著鋤頭

　　貌似神農:

　　菊花叢中

☆鍬さげて神農顔やきくの花(1819)

kuwa sagete / shinnōgao ya / kiku no hana

譯註:「鍬」(kuwa),鎬形鋤頭;「きく」(kiku),即「菊」。

381

他們叫我這鄉下人
「椋鳥」——
冷啊

☆椋鳥と人に呼ばるる寒さかな（1819）

mukudori to / hito ni yobaruru / samusa kana

譯註：一茶此俳句前書「江戶道中」，為回憶當年旅居江戶，被當地人以鄙夷口吻譏待之作。「椋鳥」（mukudori），背部黑褐色、喙與腿橙黃色的椋鳥科鳥，又名白頭翁，日語裡每以「椋鳥」一詞為鄉巴佬的代稱。

382

他木盒裡，只
乞討到四、五文錢：
傍晚陣雨淒冷⋯⋯

☆重箱の錢四五文や夕時雨（1819）

jūbako no / zeni shigomon ya / yūshigure

譯註：此詩有書「善光寺門前憐乞食」，描述一個一整日才乞討到四、五文錢的乞丐，寒冷雨夜中的悲涼。「重箱」（jūbako），多層方木盒、套盒、木箱。

383

冬日寒風：
在二十四文錢的
妓女戶裡

☆木がらしや廿四文の遊女小家（1819）

kogarashi ya / nijūshimon no / yūjogoya

譯註：此詩描述一茶浪跡在外時，寒冬之夜曾一宿的最廉價「遊女小家」（yūjogoya，賣春戶）。「木がらし」（木枯らし：kogarashi），冬日寒風。

384

兩隻雄鹿
沉醉地互舔彼此身上
今晨之霜

☆さをしかやゑひしてなめるけさの霜（1819）

saoshika ya / eishite nameru / kesa no shimo

譯註：此詩書寫冬日早晨，兩隻鹿因冷，互舔去身上之霜取暖，相濡以沫的動人場景。「さをしか」（小男鹿：saoshika），雄鹿；「ゑひして」（醉ひ痴る：eishite），陶醉、沉迷；「なめる」（舐める；nameru），舐；「けさ」（kesa），即「今朝」。

385

歲末忘年會──
貓,也
與我們同坐

☆御仲間に猫も坐とるや年忘れ(1819)

onakama ni / neko mo zatoru ya / toshiwasure

譯註:「御仲間」(onakama),同志、朋友,「御」(o)為尊敬語;「年忘れ」(toshiwasure),忘年會,為了慰勞、忘卻一年辛苦,於年末的聚會。

386

無功
亦無過:
冬籠

☆能なしは罪も又なし冬籠(1819)

nō nashi wa / tsumi mo mata nashi / fuyugomori

譯註:原詩可作「能無しは/罪も又無し/冬籠」。「なし」(無し:nashi),無;「冬籠」(fuyugomori),冬日積雪苦寒閉居屋內。

387

　　春雨──
　　一個小孩
　　在教貓跳舞

☆春雨や猫におどりををしへる子（1820）

harusame ya / neko ni odori o / oshieru ko

譯註：原詩可作「春雨や／猫に踊りを／教へる子」。「おどり」（踊り：odori），跳舞；「をしへる」（教へる：oshieru），教。

388

　　小貓在磅秤上
　　蹦跳，自己
　　量體重……

☆猫の子や秤にかかりつつざれる（1820）

neko no ko ya / hakari ni kakari / tsutsu zareru

譯註：「かかりつつ」（懸りつつ／掛りつつ：kakaritsutsu），從事、進行；「ざれる」（戯れる：zareru），嬉鬧、蹦跳。

389

　　孤兒的我
　　是一隻不發光的
　　螢火蟲……

☆孤の我は光らぬ螢かな（1820）

minashigo no / ware wa hikaranu / hotaru kana

譯註：「光らぬ」（hikaranu），「不發光」之意，「ぬ」（nu）表示否定。

390

　　一隻美麗的風箏
　　在乞丐寮棚上空
　　高飛

☆美しき凧上りけり乞食小屋（1820）

utsukushiki / tako agarikeri / kojikigoya

譯註：「凧」（tako），風箏；「上りけり」（agarikeri），往上飛升；「乞食小屋」（kojikigoya），乞丐窩棚。

391

　　花影下
　　髮髭俱白的
　　老友們

☆髪髭も白い仲間や花の陰（1820）

kami hige mo / shiroi nakama ya / hana no kage

譯註：「仲間」（nakama），朋友。

392

　　夜櫻──
　　天界美女
　　下凡……

☆夜ざくらや美人天から下るとも（1820）

yozakura ya / bijin ten kara / kudaru tomo

譯註：「夜ざくら」（夜桜：yozakura），夜櫻；「から」（kara），從、自。

393

不要懷疑——
山上的布穀鳥
是個愛哭鬼

☆閑子鳥泣坊主に相違なく候（1820）
kankodori / naki bōzu ni sōi / naku sōrō

譯註：「閑子鳥」（kankodori），即閑古鳥、布穀鳥、杜鵑鳥；「坊主」（bōzu），小子、男孩；「相違なく」（相違無く：sōi naku），無差異、沒有不同；「候」（sōrō），表示鄭重說法的敬語。

394

剛好在我熄燈時
過來——
一隻飛蛾

☆けしてよい時は来る也火取虫（1820）
keshite yoi / toki wa kuru nari / hitorimushi

譯註：「けして」（消して：keshite），熄滅；「よい」（良い：yoi），恰好；「火取虫」（hitorimushi），飛蛾、燈蛾。

395

 個個長壽——
 這個窮村莊內的蒼蠅,
 跳蚤,蚊子

☆長生の蠅よ蚤蚊よ貧乏村（1820）
nagaiki no / hae yo nomi ka yo / binbo mura

396

 母貓,幫
 小貓
 咬跳蚤……

☆親猫が蚤をも噛んでくれにけり（1820）
oyaneko ga / nomi o mo kande / kurenikeri

397

　　世上鳴蟲亦如此：
　　有些歌喉讚，
　　有些歌聲不怎麼樣

☆世の中や鳴虫にさい上づ下手（1820）

yononaka ya / naku mushi ni sai / jōzu heta

譯註：「さい」（差異：sai），差異、差別；「上づ」（上手：jōzu），高手、高明；「下手」（heta），低手、不高明。

398

　　臉上仰
　　墜落，依然歌唱──
　　秋蟬

☆仰のけに落て鳴けり秋の蝉（1820）

aonoke ni / ochite nakikeri / aki no semi

譯註：「仰のけ」（aonoke），仰起。

399

　　遠山
　　在它眼裡映現──
　　一隻蜻蜓

☆遠山が目玉にうつるとんぼ哉（1820）

tōyama ga / medama ni utsuru / tombo kana

譯註：「目玉」（medama），眼珠；「うつる」（映る：utsuru），映現；「とんぼ」（tombo），蜻蜓。

400

　　蟋蟀──
　　即便要被賣了
　　仍在鳴唱

☆蚕身を売れても鳴にけり（1820）

kirigirisu / mi o urarete mo / nakinikeri

譯註：「蚕」（蟋蟀：kirigirisu），蟋蟀。

401
  母親總是先把
  柿子最苦的部分
  吃掉

☆渋い所母が喰いけり山の柿（1820）

shibui toko / haha ga kuikeri / yama no kaki

譯註：「渋い」（shibui），苦澀；「所」（toko），地方。

402
  這石榴味道和我
  一樣：享受
  享受吧，小虱子

☆我味の柘榴に這す虱かな（1820）

waga aji no / zakuro ni hawasu / shirami kana

譯註：「柘榴」（zakuro），石榴；「這す」（這わす：hawasu），舌頭慢慢划過，「慢慢舔」、「慢慢享受」之意。

403

　　是會致人於死的
　　蘑菇啊——但
　　真漂亮！

☆人をとる茸はたしてうつくしき（1820）

hito o toru / kinoko hatashite / utsukushiki

譯註：「とる」（取る：toru），奪取（人命）；「茸」（kinoko），蘑菇；「はたして」（果たして：hatashite），真的；「うつくしき」（美しき：utsukushiki），美麗。

404

　　大大的蘑菇——
　　啊，馬糞
　　也有得意時

☆大茸馬糞も時を得たりけり（1820）

ōkinoko / maguso mo toki o / etarikeri

譯註：「大茸」（ōkinoko），大蘑菇；「得たり」（etari），得意、走運之意。馬糞為自己像大蘑菇而得意。

405

　　一泡尿
　　鑽出一直穴——
　　門口雪地上

☆真直な小便穴や門の雪（1820）

massuguna / shōben ana ya / kado no yuki

譯註:「真っ直ぐな」(まっすぐな：massuguna)，筆直的。

406

　　五十歲方知
　　河豚之美味——
　　良夜哉

☆五十にして鰒の味をしる夜哉（1820）

gojū ni shite / fugu no aji o / shiru yo kana

譯註:「して」(shite)，表示強調；「鰒」(fugu)，河豚；「しる」(知る：shiru)，知道。

407

元旦日——
我們都在紅塵
繁花中

☆元日や我等ぐるめに花の娑婆（1821）

ganjitsu ya / wareragurume ni / hana no shaba

譯註：「我等ぐるめ」（wareragurume），我們全部；「娑婆」（shaba），紅塵、塵世，佛教對人類所住的人間世界的稱呼。

408

熱氣蒸騰——
他的笑臉
在我眼中縈繞……

☆陽炎や目につきまとふ笑い顏（1821）

kagerō ya / me ni tsukimatō / waraigao

譯註：此詩為悼於前一年（1820）10月出生，於1821年1月在母親背上窒息致死的一茶次男石太郎之作。「陽炎」（kagerō），又稱陽氣，春夏陽光照射地面升起的遊動氣體；「つきまとふ」（付き纏う：tsukimatō），縈繞、纏繞。

409

　　穿過飛雪似的

　　落櫻——

　　一雙雙泥草鞋

☆花ふぶき泥わらんじで通りけり（1821）

hanafubuki / doro waranji de / tōrikeri

譯註：原詩可作「花吹雪き／泥草鞋で／通りけり」。「花ふぶ」（花吹雪：hanafubuki），飛雪似的落花；「泥わらんじ」（泥草鞋，doro waranji），沾滿泥的草鞋。

410

　　涼風的

　　淨土

　　即我家

☆涼風の淨土則我家哉（1821）

suzukaze no / jōdo sunawachi / wagaya kana

譯註：「則」（sunawachi），即、正是。

411

蝸牛
就寢，起身，
依自己的步調

☆でで虫の其身其まま寝起哉（1821）

dedemushi no / sono mi sonomama / neoki kana

譯註：「でで虫」（出出虫：dedemushi），蝸牛的別名；「其まま」（sonomama），照原樣、維持原有狀態；「寝起」（neoki），就寢與起身。

412

別打那蒼蠅，
它在擰手
它在扭腳呢

☆やれ打な蠅が手をすり足をする（1821）

yare utsu na / hae ga te o suri / ashi o suru

譯註：「やれ」（yare），啊、哎呀；「打な」（utsu na），別打；「すり／する」（摩り／摩る：suri／suru），摩、擦、擰、扭。

413

門口的狗
張著嘴
追逐一隻蒼蠅……

☆口明て蠅を追ふ也門の犬（1821）

kuchi akete / hae o ō nari / kado no inu

譯註：「明て」（明けて：akete），開、張開。蜀犬吠日，徒勞無功，但如果在門口張嘴追逐、追捕蒼蠅，成功的機會可能大些。

414

蚊子又來我耳邊——
難道它以為
我聾了？

☆一ツ蚊の聾と知て又来たか（1821）

hitotsu ka no / tsunbo to shitte / mata kitaka

譯註：「知て」（知って：shitte），感到、覺得之意。

415

　　山中的蚊子啊，
　　一生都沒嘗過
　　人味……

☆人味を知らずに果る山蚊哉（1821）

hitoaji o / shirazu ni hateru / yamaka kana

譯註：「知らず」（shirazu），「不知」之意；「果る」（果てる：hateru），（直到）死去。

416

　　我家隔壁——
　　是跳蚤的
　　大本營啊！

☆我宿は蚤捨藪のとなり哉（1821）

waga yado wa / nomi sute yabu no / tonari kana

譯註：「捨」（sute），捨棄、拋棄；「藪」（yabu），竹叢、草叢、灌木叢；「となり」（隣：tonari），隔壁、旁邊。本詩可直譯為「我家旁邊——／是被棄的跳蚤／群聚的竹叢！」。

417

  又有一條蛇

  入洞——

  三個室友了……

☆穴に入蛇も三人ぐらし哉（1821）

ana ni iru / hebi mo sannin / gurashi kana

譯註：「三人ぐらし」（三人暮らし：sanningurashi），三人一起生活、三者同住。

418

  屋角的蜘蛛啊，

  別擔心，

  我懶得打掃灰塵……

☆隅の蜘蛛案じな煤はとらぬぞよ（1821）

sumi no kumo / anji na susu wa / toranu zo yo

譯註：「案じな」（anji na），不要擔心，「な」（na）表示「不要」；「煤」（susu），灰塵；「とらぬ」（取らぬ：toranu），不取、不清除之意，「ぬ」（nu）表示否定。

419

　　初雪——
　　一、二、三、四
　　五、六人

☆初雪や一二三四五六人（1821）

hatsuyuki ya / ichi ni san yon / go roku nin

譯註：此詩以簡單的數字層遞，展現一年新雪初落，聞訊的人們一個接一個欣喜步出家門的充滿動感的畫面。

420

　　冬籠——以
　　豆腐屋以酒屋
　　為　防空洞

☆とふふ屋と酒屋の間を冬籠（1821）

tōfuya to / sakaya no ai o / fuyugomori

譯註：「とふふ屋」（tōfuya），即「豆腐屋」；「冬籠」（fuyugomori），冬日積雪苦寒閉居屋內。

421

春風裡
出來看女人的
女人們⋯⋯

☆春風の女見に出る女かな（1822）

harukaze no / onna mi ni deru / onna kana

422

殘雪——
剛好足以讓野貓
試利爪⋯⋯

☆のら猫の爪とぐ程や残る雪（1822）

noraneko no / tsume togu hodo ya / nokoruyuki

譯註：「のら貓」（野良貓：noraneko），野貓；「とぐ」（磨ぐ：togu），磨利。

423

 期滿更換工作的傭工，
 沒真正見過江戶——
 揮著斗笠告別……

☆出代や江戸をも見ずにさらば笠（1822）

degawari ya / edo o mo mizu ni / sarabagasa

譯註：「出代」（degawari），江戶時代傭工期滿替換；「さらば」（saraba），再見、再會之意。

424

 雪厚四五尺——
 熱戀的貓照樣
 跋涉而過……

☆四五尺の雪かき分て猫の恋（1822）

shigoshaku no / yukikakiwakete / neko no koi

譯註：「雪かき分て」（雪搔き分けて：yukikakiwakete），把雪耙開、撥開雪。

425

　　從大佛的鼻孔，
　　一隻燕子
　　飛出來哉

☆大仏の鼻から出たる乙鳥哉（1822）

daibutsu no / hana kara detaru / tsubame kana

譯註：「から」（kara），從、自；「乙鳥」（tsubame），燕子。

426

　　別趕走虻蟲，
　　它也是
　　為花而來

☆虻追ふな花を尋ねて来たものを（1822）

abu ō na / hana o tazunete / kita mono o

譯註：「虻」（abu），虻蟲，善飛翔、好吸血之昆蟲，又稱牛虻、馬蠅；「追ふな」（ō na），別追趕、別趕走，「な」（na）表示「不要」。

427

　　櫻花燦開——
　　但願今天是
　　二十年前！

☆花さくや今廿年前ならば（1822）

hana saku ya / ima nijūnen / mae naraba

譯註：「さく」（咲く：saku），（花）開；「ならば」（naraba），如果是、但願是。

428

　　涼風送爽，啊
　　讓她的食慾
　　樂增為兩倍吧

☆涼風や何喰はせても二人前（1822）

suzukaze ya / nani kuwasete mo / nininmae

譯註：此詩有前書「菊女祝」，是一茶在三男金三郎誕生後，祝福妻子（菊）產後日益康復之作。「喰はせて」（kuwasete），讓（她）吃；「二人前」（nininmae），兩人份。

253

429

閃電──
啊，田中央
有人在洗澡

☆稲妻や畠の中の風呂の人（1822）

inazuma ya / hatake no naka no / furo no hito

譯註：「稻妻」（inazuma），閃電；「畠」（畑：hae），田地；「風呂」（furo），洗澡之意。

430

六十年
無一夜跳舞──
啊盂蘭盆節

☆六十年踊る夜もなく過しけり（1822）

rokujūnen / odoru yo mo naku / sugoshikeri

譯註：此處之舞指盂蘭盆節「盆踊」，盂蘭盆節晚上男男女女和著歌曲所跳之舞。從小生活悲苦、生命多舛的一茶，六十年來從沒有參加過盂蘭盆節「舞會」。「なく」（無く：naku），無。

431

　　蟲兒們，別哭啊，
　　即便相戀的星星
　　也終須一別

☆鳴な虫別るる恋はほしにさへ（1822）

naku na mushi / wakaruru koi wa / hoshi ni sae

譯註：「ほし」（星：hoshi），星星；「さへ」（さえ：sae），連、即便。「相戀的星星」概指牛郎、織女星。

432

　　啊，繫在雄鹿
　　角上——
　　一封信

☆さをしかの角に結びし手紙哉（1822）

saoshika no / tsuno ni musubishi / tegami kana

譯註：「さをしか」（小男鹿：saoshika），雄鹿；「手紙」（tegami），信。

433

隨浮木
漂流而下,昆蟲
仍一路唱著歌呢

☆鳴ながら虫の乗行浮木かな（1822）

naki nagara / mushi no noriyuku / ukigi kana

譯註:「ながら」(乍ら:nagara),照舊、依然。

434

真美啊,
我的燈油
結冰了

☆うつくしく油の氷る灯かな（1822）

utsukshiku / abura no kōru / tomoshi kana

譯註:「うつくしく」(美しく:utsukushiku),美麗。

435

　　與老松為友,
　　我們二人
　　不知老之將至⋯⋯

☆老松と二人で年を忘れけり（1822）
oimatsu to / futari de toshi o / wasurekeri

譯註:「年」（toshi）,年齡、年紀。

436

　　一年又春天──
　　啊,愚上
　　又加愚

☆春立や愚の上に又愚にかへる（1823）
haru tatsu ya / gu no ue ni mata / gu ni kaeru

譯註:此詩寫於文政6年（1823年）新春,一茶述自己「還曆」（花甲,虛歲61歲）之感。「かへる」（変える／返る:kaeru）,變成／回歸。

437

　　嬰孩抓握
　　母親的乳房——
　　今年第一個笑聲

☆片乳を握りながらやはつ笑ひ（1823）

katachichi o / nigiri nagara ya / hatsuwarai

譯註：此詩描寫前一年（1822年）3月出生的一茶三男金三郎的初次新年。「はつ笑ひ」（初笑：hatsuwarai），今年第一個笑聲。

438

　　籠中鳥
　　羨慕蝴蝶——
　　看其眼神便知！

☆籠の鳥蝶をうらやむ目つき哉（1823）

kago no tori / chō o urayamu / metsuki kana

譯註：「うらやむ」（羨む：urayamu），羨慕；「目つき」（metsuki），眼神。

439

小麻雀，
自由出入牢房——
讓犯人羨煞

☆牢屋から出たり入たり雀の子（1823）
rōya kara / de tari ittari / suzume no ko

440

我睡我起，
彷彿在
櫻花雲上……

☆さく花の雲の上にて寝起哉（1823）
saku hana no / kumo no ue nite / neoki kana

譯註：「さく」（咲く：saku），開（花）；「にて」（似て：nite），好似；「寝起」（寝起き：neoki），就寢與起身，起居之意。

441

　　山中水
　　搗米——
　　我晝寢

☆山水に米を搗かせて昼寝哉（1823）
yama mizu ni / kome o tsukasete / hirune kana

442

　　螢火蟲——
　　被一陣馬屁
　　吹走……

☆馬の屁に吹とばされし螢哉（1823）
uma no he ni / fukitobasareshi / hotaru kana

譯註：「吹とばされし」（fukitobasareshi），吹走之意。

443

紙門上
裝飾的圖案——
蒼蠅屎

☆から紙のもやうになるや蠅の屎（1823）

karakami no / moyō ni naru ya / hae no kuso

譯註：「から紙」（唐紙：karakami），即「唐紙障子」（karakamishōji），以唐紙（中國紙）貼的紙拉門；「もやう」（もよう／模樣：moyō），花樣、圖案；「なる」（成る：naru），變成、構成。

444

有人的地方，
就有蒼蠅，
還有佛

☆人有れば蠅あり仏ありにけり（1823）

hito areba / hae ari hotoke / arinikeri

譯註：原詩可作「人有れば／蠅有り仏／有りにけり」。

445

　　幼兒的笑聲中
　　尾隨而來的
　　——秋日暮色

☆おさな子や笑ふにつけて秋の暮（1823）

osanago ya / warau ni tsukete / aki no kure

譯註：「おさな子」（幼子：osanago），幼兒；「つけて」（付ける：tsukete），尾隨而來。1822年3月，一茶三男金三郎出生。1823年5月，妻子菊病逝。此詩寫愛妻死後的秋日傍晚，屋內傳出幼兒笑聲，而尾隨而來的是秋暮的昏暗……

446

　　我那愛嘮叨的妻啊，
　　恨不得今夜她能在眼前
　　共看此月

☆小言いふ相手もあらばけふの月（1823）

kogoto iu / aite mo araba / kyō no tsuki

譯註：此詩追憶5月間，以37歲之齡病逝的妻子菊。「小言」（kogoto），嘮叨、牢騷；「いふ」（言ふ：iu），說、發出；「相手」（aite），對象，此處指妻子；「あらば」（araba），如果在；「けふ」（kyō），即「今日」。

447

秋日薄暮中
只剩下一面牆
聽我發牢騷

☆小言いふ相手は壁ぞ秋の暮（1823）

kogoto iu / aite wa kabe zo / aki no kure

譯註：此詩亦為追憶亡妻之作。詩句前八音節（「小言いふ相手」：kogoto iu aite）與上一首詩同。

448

老狗
領路——
到墓園祭拜

☆古犬が先に立也はか参り（1823）

furu inu ga / saki ni tatsu nari / hakamairi

譯註：「立」（立つ：tatsu），出發、上路；「はか参り」（墓参り：hakamairi），掃墓、上墳。

449

春日野——
神也容許
麋鹿做愛……

☆春日野や神も許しの鹿の恋（1823）
kasugano ya / kami mo yurushi no / shika no koi

450

紅蜻蜓——
你是來超度我輩
罪人嗎？

☆罪人を済度に入るか赤とんぼ（1823）
zaijin o / saido ni ireru ka / akatombo

譯註：「赤とんぼ」（赤蜻蛉：akatombo），紅蜻蜓。

451

　　冬籠——
　　毀謗會
　　開始了……

☆人誹る會が立なり冬籠（1823）

hito soshiru / kai ga tatsunari / fuyugomori

譯註：「立なり」（tatsunari），開始了；「冬籠」（fuyugomori），冬日積雪閉居屋內。

452

　　就像當初一樣，
　　單獨一個人弄著
　　過年吃的年糕湯……

☆もともとの一人前ぞ雜煮膳（1823）

motomoto no / ichininmae zo / zōnizen

譯註：此詩應寫於1823年底或1824年初。1814年，52歲的一茶與菊結婚後，生了三男一女。妻子菊於1823年5月病逝，四個孩子也先後夭折，故寫作此句時，一茶又彷彿回到十年前單身一人做過年的年糕湯的情境。「もともと」（元元：motomoto），原本、同原來一樣；「一人前」（ichininmae），一人份；「雜煮膳」（zōnizen），做「新年吃的年糕湯」（雜煮：zōni）為餐。

453

　　新年首次做的夢裡
　　貓也夢見了
　　富士山吧？

☆初夢に猫も不二見る寝やう哉（1824）

hatsuyume ni / neko mo fuji miru / neyō kana

譯註：「初夢」（hatsuyume），新年第一個夢，日本有諺語「いちふじにたかさんなすび」（一富士、二鷹、三茄子），認為這三者是初夢的吉祥物；「不二」（fuji），即富士山。

454

　　以花叢為地毯的
　　它的秘密通路——
　　一隻日本貓

☆通路も花の上也やまと猫（1824）

kayoiji mo / hana no ue nari / yamato neko

譯註：「やまと猫」（大和猫：yamato neko），日本貓。

455

　　她手持
　　櫻花——
　　盪鞦韆……

☆ふらんどや桜の花を持ちながら（1824）

furando ya / sakura no hana o / mochinagara

譯註：「ふらんど」（furando）指「鞦韆」，即「ぶらんこ」（buranko）或「ふらここ」（burakoko）。古代中國，女子常在寒食或春節盪鞦韆，那輕柔的舞盪之姿如同春風。此詩可解讀為一茶所見的春景，也可視作是凝古典中國想像與日本生活美感、情趣於一格的戲劇畫面。

456

　　十隻小貓，
　　啊，十色
　　毛

☆猫の子の十が十色の毛なみ哉（1824）

neko no ko no / tō ga toiro no / kenami kana

譯註：「毛なみ」（毛並み：kenami），毛的樣子、毛色。

457

　　雄鹿——抖掉
　　身上的蝴蝶後
　　又繼續睡覺……

☆小男鹿や蝶を振て又眠る（1824）
saoshika ya / chō o furutte / mata nemeru

譯註：「振て」（振るって：furutte），搖掉、抖掉。

458

　　折斷一枝梅花，
　　大聲叫著——
　　「我偷走了！」

☆梅折るや盜みますぞと大聲に（1824）
ume oru ya / nusumimasu zo to / ōgoe ni

459

　　我們顯赫的
　　領主,從馬背上跌下來
　　——啊,櫻花

☆大名を馬からおろす桜哉(1824)

daimyō o / uma kara orosu / sakura kana

譯註:「大名」(daimyō),江戶時代直屬於幕府,俸祿在一萬石以上的領主;「から」(kara),自、從;「おろす」(下ろす:orosu),落下、跌下。

460

　　狂貓對
　　牡丹——
　　啊,絕配!

☆猫の狂ひが相応のぼたん哉(1824)

neko no kurui ga / sōō no / botan kana

譯註:「相応」(sōō),相配;「ぼたん」(botan),「牡丹」。

461

歡歡喜喜，
老樹與新葉
做朋友……

☆いそいそと老木もわか葉仲間哉（1824）

isoiso to / oiki mo wakaba / nakama kana

譯註：「いそいそ」（isoiso），歡歡喜喜；「わか葉」（若葉：wakaba），新葉、嫩葉；「仲間」（nakama），朋友。

462

混居一處——
瘦蚊，瘦蚤，
瘦小孩……

☆ごちゃごちゃと瘦蚊やせ蚤やせ子哉（1824）

gochagocha to / yase ka yase nomi / yasego kana

譯註：原詩可作「ごちゃごちゃと／瘦蚊瘦蚤／瘦子哉」。「ごちゃごちゃ」（gochagocha），雜亂、混雜之意，擬態詞。

463

　　一隻蒼蠅、兩隻蒼蠅……
　　我的臥席變成了
　　觀光勝地！

☆蠅一ツ二ツ寝茣蓙の見事也（1824）

hae hitotsu / futatsu negoza no / migoto nari

譯註：「寝茣蓙」（寝茣蓙：negoza），睡覺時鋪的席子、臥席；「見事」（migoto），好看、值得一看（之事物）。

464

　　黃鶯為我
　　也為神佛歌唱──
　　歌聲相同

☆鶯や御前へ出ても同じ声（1824）

uguisu ya / gozen e dete mo / onaji koe

465

野鴉,技術高超地
停棲在一棵
芭蕉樹上!

☆野烏の上手にとまる芭蕉哉（1824）

nogarasu no / jōzu ni tomaru / bashō kana

譯註:「上手」（jōzu），高明之意;「とまる」（留まる／停まる：tomaru），停留、棲止之意。

466

冬日寒天——
何處是我這流浪老丐
跨年之地?

☆寒空のどこでとしよる旅乞食（1824）

samuzora no / doko de toshiyoru / tabikojiki

譯註:一生困頓,行將63歲的一茶,將自己比做在歲末時不知往何方尋無憂食宿之地的老乞丐。「どこ」（何所：doko），何處;「としよる」（年寄る：toshiyoru），上年紀的、老的;「旅乞食」（tabikojiki），流浪乞丐。

467

　　冬風好心清掃
　　我家門前
　　塵土垃圾

☆木がらしの掃てくれけり門の芥（1824）

kogarashi no / haite kurekeri / kado no gomi

譯註：「木がらし」（木枯らし：kogarashi），冬日寒風；「芥」（gomi），垃圾。

468

　　春雨日：
　　閑混日，
　　俳句日……

☆めぐり日と俳諧日也春の雨（1825）

meguri hi to / haikai hi nari / haru no ame

譯註：「めぐり」（巡り：meguri），有「繞行、兜圈子」和「月經」兩意。若將之解作「月經」，此詩則可譯成「春雨日：／月經日，／俳句日……」，春雨日（妻子）月事來訪，詩人只好以寫詩之趣替代閨房之趣。

469

　　前世之約嗎？
　　小蝴蝶在我袖子裡
　　睡著了……

☆過去のやくそくかよ袖に寝小てふ（1825）

kako no yaku / soku ka yo sode ni / neru kochō

譯註：「やくそく」（約束：yakusoku），約定；「小てふ」（小蝶：kochō），小蝴蝶。

470

　　樹蔭下
　　與一隻蝶同歇息——
　　前世之緣

☆木の陰や蝶と休むも他生の縁（1825）

kinokage ya / chō to yasumu mo / tashō no en

譯註：「他生」（tashō），前世或來世之意。

471

夜雖短,
對於床上的我——
太長,太長!

☆短夜も寝余りにけりあまりけり(1825)
mijikayo mo / ne amarinikeri / amarikeri

譯註:一茶於1824年5月再婚,但8月即離婚,離婚後不到一個月,62歲的一茶中風再發。對於孤單獨眠、行動不便的臥床的一茶,夜真的「太長,太長」。「余りにけり」(amarinikeri),有餘、過多、過長。

472

三伏天——
哪個傢伙偷走我
無二的斗笠?

☆二つなき笠盗れし土用哉(1825)
futatsunaki / kasa nusumareshi / dōyo kana

譯註:「二つなき」(二つ無き:futatsunaki),獨一無二的、唯一的;「土用」(dōyo),三伏天,一年中最熱的時候。

473

　　整村的鼾聲
　　以漸強奏達到頂點——
　　啊，叫叫子

☆一村の鼾盛りや行々し（1825）

hito mura no / ibikizakari ya / gyōgyōshi

譯註：「行々し」（行々子，gyōgyōshi），中文名為「叫叫子」或「葦鶯」的鳴禽，甚聒噪之鳥。

474

　　午後驟雨：
　　赤裸的人騎著
　　赤裸的馬

☆夕立や裸で乗しはだか馬（1825）

yūdachi ya / hadaka de norishi / hadaka uma

譯註：「夕立」（yūdachi），午後或傍晚的驟雨；「はだか」（裸：hadaka），赤裸。此詩頗有二十世紀超現實主義的奇幻感，以及未來主義式的動感。

475

　　小嬰孩吸著
　　圓扇的柄
　　代替母奶

☆団扇の柄なめるを乳のかはり哉（1825）
uchiwa no e / nameru o chichi no / kawari kana

譯註：1822年3月，一茶三男金三郎出生。5月，妻子菊病逝。12月，金三郎亦死。此詩追憶先前夏日裡，愛妻菊準備為兒餵奶，金三郎等不及先行吸吮扇柄的有趣畫面。對比寫作此句時母子均已離世之情況，讀之實讓人悲。「なめる」（舐める；nameru），舐、口含；「かはり」（替り：kawari），代替。

476

　　良月也！
　　在裡面──
　　跳蚤群聚的地獄

☆よい月や内へ這入れば蚤地獄（1825）
yoi tsuki ya / uchi e haireba / nomi jigoku

譯註：「よい」（良い：yoi），良、好；「這入れば」（haireba），進入其內、進入裡面。

477

在我家:
早中晚
霧霧霧……

☆我宿は朝霧昼霧夜霧哉(1825)

waga yado wa / asagiri hirugiri / yogiri kana

478

秋風:
太孤獨了……
我吃飯

☆淋しさに飯をくふ也秋の風(1825)

sabishisa ni / meshi o kū nari / aki no kaze

譯註:原詩可作「寂しさに／飯を食ふ也／秋の風」。「くふ」(食う／喰う:kū),吃。

479

　　老僧
　　以一桐葉，
　　當團扇搧……

☆老僧が団扇につかふ一葉哉（1825）

rōsō ga / uchiwa ni tsukau / hitoha kana

譯註：「つかふ」（使ふ：tsukau），用、使用之意。

480

　　夜間雪上──
　　和鄰人
　　並排小便

☆隣から連小便や夜の雪（1825）

tonari kara / tsure shōben ya / yoru no yuki

譯註：「連」（連れ：tsure），伴隨、一起。

481

月夜訪妹去——
一尾河豚
提在手裡

☆妹がりに鰒引さげて月夜哉（1825）

imogari ni / fugu hissagete / tsukiyo kana

譯註：「妹がり」（妹許：imogari），去妻子或戀人住處；「鰒」（fugu），河豚；「引さげて」（引っ提げて：hissagete），提、帶著。

482

春風輕吹：
原野上一頂接一頂的
淡藍色傘

☆春風や野道につづく浅黄傘（1826）

harukaze ya / nomichi ni tsuzuku / asagigasa

譯註：「つづく」（続く：tsuzuku），接連、連綿；「浅黄」（あさぎ：asagi），即「浅葱」（あさぎ），淡藍色之意。

483

　　溫泉水氣

　　輕輕飄盪，飄盪

　　如蝶……

☆湯けぶりのふはふは蝶もふはり哉（1826）

yukeburi no / fuwafuwa chō mo / fuwari kana

譯註：「湯けぶり」（湯煙：yukeburi），溫泉水氣。「ふはふは」（ふわふわ：fuwafuwa），輕飄飄；「ふはり」（ふわり：fuwari），輕輕飛——兩者皆擬態詞。

484

　　疾行的雲

　　缺乏塑造雲峰的

　　見識

☆峰をなす分別もなし走り雲（1826）

mine o nasu / funbetsu mo nashi / hashiri kumo

譯註：「なす」（為す／成す：nasu），為、形成；「分別」（funbetsu），辨別力、見識；「なし」（無し：nashi），無。

485

　　雲峰──
　　高不及
　　人的罪……

☆人のなす罪より低し雲の峰（1826）
hito no nasu / tsumi yori hikushi / kumo no mine

譯註：「なす」（為す：nasu），做、為。

486

　　在盂蘭盆會燈籠的
　　火光裡我吃飯──
　　光著身體

☆灯籠の火で飯をくふ裸かな（1826）
tōrō no hi de / meshi o kū / hadaka kana

譯註：「くふ」（食う／喰う：kū），吃。

487

　　看起來正在構思一首
　　星星的詩——
　　這隻青蛙

☆星の歌よむつらつきの蛙かな（1826）

hoshi no uta / yomu tsuratsuki no / kawazu kana

譯註：「よむ」（詠む：yomu），創作、構思；「つらつき」（面付き：tsuratsuki），面貌。

488

　　雪花紛紛降，
　　信濃的山臉色變壞
　　無心說笑……

☆雪ちるやおどけも云へぬ信濃山（1826）

yuki chiru ya / odoke mo ienu / shinano yama

譯註：一茶的家鄉每年冬季大雪，三個月的「冬籠」（閉居）生活，不但讓居民起居不便，連信濃的山也不爽。「ちる」（散る：chiru），落；「おどけ」（戯け：odoke），笑話、詼諧話；「云へぬ」（言えぬ：ienu），不說、不想說，「ぬ」（nu）表示否定。

489

啊,小蝴蝶與
貓與和尚
並排睡……

☆寝並んで小蝶と猫と和尚哉(1827)
ne narande / kochō to neko to / oshō kana

譯註:「と」(to),和、與。

490

流水舞紋弄波
寫出一個個「心」字——
啊,梅花

☆心の字に水も流れて梅の花(1827)
shin no ji ni / mizu mo nagarete / ume no hana

491

　　他巡田,
　　屁股上方
　　塞了一支團扇

☆田廻りの尻に敷たる団扇哉（1827）
tamawari no / shiri ni shikitaru / uchiwa kana

譯註:「尻」(shiri), 屁股。

492

　　放它去吧, 啊
　　放它去吧!
　　跳蚤也有小孩

☆かまふなよやれかまふなよ子もち蚤（1827）
kamau na yo / yare kamau na yo / komochinomi

譯註:「かまふ」(構うな:kamau na), 不要干預、不要控制——「な」(na)意即「不要」;「やれ」(yare), 啊、哎呀;「子もち蚤」(子持ち蚤／子持蚤:komochinomi),「跳蚤有小孩」之意。

285

493

　　牽牛花的背面——
　　跳蚤群聚的
　　地獄

☆朝顔のうしろは蚤の地獄かな（1827）

asagao no / ushiro wa nomi no / jigoku kana

譯註：「朝顔」（asagao），即牽牛花；「うしろ」（後：ushiro），後面、背面。

494

　　火燒過後的土，
　　熱烘烘啊熱烘烘
　　跳蚤鬧哄哄跳……

☆やけ土のほかりほかりや蚤さわぐ（1827）

yaketsuchi no / hokarihokari ya / nomi sawagu

譯註：1827年6月，柏原大火，一茶房子被燒，只得身居「土藏」（貯藏室）。但六十五歲（生命最後一年）的一茶仍寫出這首借熱鬧的擬態詞渲染出的，帶著怪誕、奇突黑色幽默的俳句。「やけ土」（焼け土：yaketsuchi），火燒過的土、焦土；「ほかりほかり」（hokarihokari），熱呼呼、熱烘烘之意；「さはぐ」（騒ぐ：sawagu），吵嚷、喧鬧、騷動。

495

乘著七夕涼意，
泡湯
飄然其爽……

☆七夕や涼しき上に湯につかる（1827）
tanabata ya / suzushiki ue ni / yu ni tsukaru

譯註：家中遇火災之後，1827年盂蘭盆節前後，一茶赴「湯田中溫泉」小住，作此詩。「つかる」（浸かる：tsukaru），泡（湯）之意。

496

盂蘭盆會為祖靈送火──
很快，他們也會
為我們焚火

☆送り火や今に我等もあの通り（1827）
okuribi ya / imani warera mo / ano tōri

譯註：此詩亦為盂蘭盆節期間，滯留於「湯田中溫泉」時所作。「今に」（imani），不久、很快；「あの通」（彼の通り：ano tōri），像那樣之意。

497

　　我不要睡在
　　花影裡——我害怕
　　那來世

☆花の陰寝まじ未来が恐ろしき（1827）
hana no kage / nemaji mirai ga / osoroshiki

譯註：此詩亦為火災後一茶生命最後階段之作。盂蘭盆節後一茶離開「湯田中溫泉」，乘「竹駕籠」（竹轎）巡迴於鄰近地帶，於11月8日回到柏原，19日中風突發遽逝。一茶在此詩「前書」裡說他身為農民卻不事耕作，深恐死後會受罰。歌人西行法師著名的辭世詩說「願在春日花下死，二月十五月圓時」（願はくは花の下にて春死なむその如月の望月の頃），一茶此詩卻顯示自己尚未全然準備好迎接死，怕在花下長眠。「寝まじ」（nemaji），不想睡、不要睡；「おそろしき」（恐ろしき：osoroshiki），令人驚恐。

498

不死又如何——
啊,僅及一隻龜的
百分之一

☆ああままよ生きても亀の百分の一（1827?）

ā mama yo / ikite mo kame no / hyakubun no ichi

譯註：此處最後三首詩據說為一茶辭世之作,於其臨終床枕下發現。有人認為是後世偽作。網羅一茶全數俳句（22000首）的日文網站「一茶の俳句データベース」中未見之。「ああ」（ā）即「啊」,嘆詞;「まま」（mama）,一如原樣;「生きて」（ikite）,活著、不死。

499

生時盆裡洗洗,
死時盆裡洗洗,珍糞漢糞
糊裡糊塗一場……

☆盥から盥へ移るちんぷんかんぷん（1827?）

tarai kara / tarai e utsuru / chinpunkanpun

譯註：「盥」（tarai）,盆、水盆;「ちんぷんかんぷん」（珍糞漢糞：chinpunkanpun）,糊裡糊塗、莫名其妙之意。

500

　　謝天謝地啊,
　　被子上這雪
　　也來自淨土……

☆ありがたや衾の雪も浄土より（1827?）
arigata ya / fusuma no yuki mo / jōdo yori

譯註：此詩如果真為一茶死前最後之作,代表對「來世」有時不免有疑懼的一茶,仍嚮往淨土,仍信賴淨土。一如他先前說給花聽,說給露珠和自己聽的——「單純地信賴地飄然落下,花啊就像花一般……」,「單純地說著信賴……信賴……露珠一顆顆掉下」。「ありがた」（有難：arigata）,謝謝之意；「衾」（fusuma）,被子；「より」（yori）,自、來自。

陳黎、張芬齡中譯和歌俳句書目

《亂髮：短歌三百首》。台灣印刻出版公司，2014。

《胭脂用盡時，桃花就開了：與謝野晶子短歌集》。湖南文藝出版社，2018。

《一茶三百句：小林一茶經典俳句選》。台灣商務印書館，2018。

《這世界如露水般短暫：小林一茶俳句300》。北京聯合出版公司，2019。

《但願呼我的名為旅人：松尾芭蕉俳句300》。北京聯合出版公司，2019。

《夕顏：日本短歌400》。北京聯合出版公司，2019。

《春之海終日悠哉游哉：與謝蕪村俳句300》。北京聯合出版公司，2019。

《古今和歌集300》。北京聯合出版公司，2020。

《芭蕉·蕪村·一茶：俳句三聖新譯300》。北京聯合出版公司，2020。

《牽牛花浮世無籬笆：千代尼俳句250》。北京聯合出版公司，2020。

《巨大的謎：特朗斯特羅姆短詩俳句集》。北京聯合出版公司，2020。

《我去你留兩秋天：正岡子規俳句400》。北京聯合出版公司，2021。

《天上大風：良寬俳句·和歌·漢詩400》。北京聯合出版公司，2021。

《萬葉集365》。北京聯合出版公司，2022。

《微物的情歌：塔布拉答俳句與圖象詩集》。台灣黑體文化，2022。

《萬葉集：369首日本國民心靈的不朽和歌》。台灣黑體文化，2023。

《古今和歌集：300首四季與愛戀交織的唯美和歌》。台灣黑體文化，2023。

《變成一個小孩吧：小林一茶俳句365首》。陝西師大出版社，2023。

《致光之君：日本六女歌仙短歌300首》。台灣黑體文化，2024。

《願在春日花下死：西行短歌300首》。台灣黑體文化，2024。

《此身放浪似竹齋：松尾芭蕉俳句450首》。台灣黑體文化，2024。

《我亦見過了月：千代尼俳句300首》。台灣黑體文化，2024。

《四海浪擊秋津島：與謝蕪村俳句475首》。台灣黑體文化，2024。
《星羅萬象一茶味：小林一茶俳句500首》。台灣黑體文化，2025。

附錄
一茶／陳黎

於是我知道
什麼叫做一杯茶的時間

在擁擠嘈雜的車站大樓
等候逾時未至的那人
在冬日的苦寒中出現
一杯小心端過來的，滿滿的
熱茶
小心地加上糖，加上奶
輕輕攪拌
輕輕啜飲

你隨手翻開行囊中
那本短小的一茶俳句集：
「露珠的世界；然而
在露珠裡──爭吵……」
這嘈雜的車站是露珠裡的
露珠，滴在
愈飲愈深的奶茶裡

一杯茶
由熱而溫而涼
一些心事
由詩而夢而人生
如果在古代——
在章回小說或武俠小說的
世界——
那是在一盞茶的工夫
俠客拔刀殲滅圍襲的惡徒
英雄銷魂顛倒於美人帳前

而時間在現代變了速
約莫過了半盞茶的工夫
你已經喝光一杯金香奶茶
一杯茶
由近而遠而虛無
久候的那人姍姍來到
問你要不要再來一杯茶

（一九九三）

國家圖書館出版品預行編目(CIP)資料

星羅萬象一茶味:小林一茶俳句500首/小林一茶著;陳黎,張芬齡譯.--初版.--新北市:黑
文化出版:遠足文化事業股份有限公司發行,2025.04
　面;　公分.--(白盒子;14)
ISBN 978-626-7705-13-1(平裝)

861.51

特別聲明:
有關本書中的言論內容,不代表本公司/出版集團的立場及意見,由作者自行承擔文責

黑體文化　　　　讀者回函

白盒子14
星羅萬象一茶味:小林一茶俳句500首

作者・小林一茶｜譯者・陳黎、張芬齡｜責任編輯・張智琦｜封面設計・許晉維｜
版・黑體文化/左岸文化事業有限公司｜總編輯・龍傑娣｜發行・遠足文化事業股份
限公司(讀書共和國出版集團)｜電話・02-2218-1417｜傳真・02-2218-8057｜客服專線
0800-221-029｜讀書共和國客服信箱service@bookrep.com.tw｜官方網站・http://www.bookrep.c
tw｜法律顧問・華洋法律事務所・蘇文生律師｜印刷・中原造像股份有限公司｜排版
菩薩蠻數位文化有限公司｜初版・2025年4月｜定價・360｜ISBN・9786267705131｜EISBN
9786267705162(PDF)・9786267705155(EPUB)｜書號・2WWB0014

版權所有・翻印必究｜本書如有缺頁、破損、裝訂錯誤,請寄回更換